DISNEY PRINCESS

ディズニープリンセス

友《ゆう》情《じょう》につつまれて

美《び》女《じょ》と野《や》獣《じゅう》～すてきなプレゼント～

プリンセスと魔《ま》法《ほう》のキス～ぬすまれた真《しん》珠《じゅ》～

講談社KK文庫

美《び》女《じょ》と野《や》獣《じゅう》

~すてきなプレゼント~

プリンセスと魔《ま》法《ほう》のキス

〜ぬすまれた真《しん》珠《じゅ》〜

美《び》女《じょ》と野《や》獣《じゅう》
～すてきなプレゼント～

文《ぶん》/エリー・オライアン
訳《やく》/中《なか》井《い》はるの

『美《び》女《じょ》と野《や》獣《じゅう》』のお話《はなし》

むかし、魔《ま》女《じょ》に冷《つめ》たいしうちをして、野《や》獣《じゅう》にされてしまった王子《おうじ》がいました。のろいをとくには、魔法《まほう》のバラが散《ち》るまでに、愛《あい》する人《ひと》を見《み》つけ、自分《じぶん》も愛《あい》されなくてはなりません。

ある日《ひ》、森《もり》で道《みち》にまよい、野《や》獣《じゅう》のお城《しろ》に閉《と》じこめられた父《ちち》をさがして、むすめのベルがお城《しろ》にやってきます。ベルは、父《ちち》の身代《みが》わりにお城《しろ》でくらすことになりました。魔法《まほう》でお城《しろ》の家財道具《かざいどうぐ》に変《か》えられた召《め》し使《つか》いたちはベルを大歓迎《だいかんげい》！　でも、乱暴《らんぼう》な野《や》獣《じゅう》にベルはがまんできず、お城《しろ》を飛《と》びだします。そのとき、おおかみにおそわれたベルを野《や》獣《じゅう》がすくってくれ、二人《ふたり》はたがいの距離《きょり》をちぢめていきます。

父《ちち》のことが心配《しんぱい》で、町《まち》に帰《かえ》らせてもらったベルは、ハンサムだが乱暴《らんぼう》なガストンに結婚《けっこん》をせまられて、固《かた》くことわります。野《や》獣《じゅう》のそんざいを知《し》っておこったガストンは、町《まち》の人々《ひとびと》をだまして、野《や》獣《じゅう》のお城《しろ》をしゅうげきします。ベルをうしない絶望《ぜつぼう》した野《や》獣《じゅう》はガストンに追《お》いつめられ、わきばらを短剣《たんけん》でさされますが、ガストンもバルコニーから転落《てんらく》して死《し》んでしまいます。

傷《きず》を負《お》った野《や》獣《じゅう》は、ベルに愛《あい》を告《つ》げると息《いき》たえます。ベルはなみだながらに野《や》獣《じゅう》への愛《あい》を告白《こくはく》。すると野《や》獣《じゅう》は王子《おうじ》のすがたにもどり、お城《しろ》ののろいもすっかりとけたのです。こうして二人《ふたり》は結《むす》ばれ、いつまでも幸《しあわ》せにくらしたのでした。

ここでご紹介《しょうかい》するのは、ベルがお城《しろ》でくらしはじめて、野《や》獣《じゅう》とも少《すこ》しずつうちとけてきたころのお話《はなし》です。

主《おも》な登《とう》場《じょう》人《じん》物《ぶつ》

ベル

読《どく》書《しょ》と空《くう》想《そう》が大《だい》好《す》きな美《うつく》しいむすめ。町《まち》の人《ひと》にはちょっと変《か》わり者《もの》と思《おも》われています。森《もり》で道《みち》にまよって野《や》獣《じゅう》にとらえられた父《ちち》の代《か》わりに、お城《しろ》で野《や》獣《じゅう》とくらしています。最《さい》初《しょ》は野《や》獣《じゅう》をおそれていましたが、そのやさしさに気《き》づきはじめています。

野《や》獣《じゅう》

わがままな性《せい》格《かく》のせいで、魔《ま》女《じょ》に野《や》獣《じゅう》のすがたにされてしまった王《おう》子《じ》。お城《しろ》の使《し》用《よう》人《にん》もみな家《か》財《ざい》道《どう》具《ぐ》にされてしまいます。魔《ま》法《ほう》のバラが散《ち》るまでに、だれかを愛《あい》し、相《あい》手《て》にも愛《あい》されなくては、元《もと》にもどれないのです。

コグスワース

置《お》き時《ど》計《けい》にすがたを変《か》えられたお城《しろ》の執《しつ》事《じ》。まじめで心《しん》配《ぱい》性《しょう》。きっちり仕《し》事《ごと》をします。

ポット夫人《ふじん》

　魔女《まじょ》ののろいでティーポットにすがたを変《か》えられたメイド。野獣《やじゅう》とベルがなかよくなれるよう気《き》づかいます。

チップ

　ふちのかけたティーカップのすがたにされた、ポット夫人《ふじん》の息子《むすこ》。知《し》りたがりやで、しつもんを連発《れんぱつ》します。

ルミエール

　しょく台《だい》にすがたを変《か》えられたお城《しろ》の給仕長《きゅうじちょう》。ベルこそのろいをといてくれるむすめだと思《おも》っています。

ワードローブ

　洋服《ようふく》ダンスにすがたを変《か》えられたオペラ歌手《かしゅ》。おしゃれが大好《だいす》き。

ストーブ

　調理道具《ちょうりどうぐ》にすがたを変《か》えられたコック。おこりっぽいが根《ね》は親切《しんせつ》。

フェザーダスター

　フワフワの羽《はね》でできたハタキにすがたを変《か》えられたメイド。ルミエールの恋人《こいびと》。

第《だい》一章《しょう》　吹雪《ふぶき》のせいで

ガシャーン！

大《おお》きな音《おと》が、お城《しろ》じゅうにひびきわたりました。どこかでガラスがわれたようです。

「まあ、大変《たいへん》！」

だんろのそばにすわっていたベルは、おどろいていすからパッと立《た》ちあがりました。

「どこかしら？」

「図書室《としょしつ》のようですね。」

ティーポットのポット夫人《ふじん》が心配《しんぱい》そうに言《い》いました。

ベルはろうかを急《いそ》ぎ足《あし》で図書室《としょしつ》に向《む》かいます。

お城《しろ》でくらしはじめてから、まだあまりたっていませんが、図書室《としょしつ》へはまよわずに行《い》けます。なにしろ、お城《しろ》の中《なか》で、いちばんお気《き》に入《い》りの場所《ばしょ》なのですから。

ポット夫人《ふじん》は、ティーワゴンにのってベルのあとを追《お》いました。ワゴンはいきおいよく進《すす》みます。角《かど》を曲《ま》がるたびにひどくかたむき、片側《かたがわ》の二輪《りん》だけで走《はし》るので、ポット夫人《ふじん》の息子《むすこ》、ティーカップのチップは悲鳴《ひめい》をあげました。

ポット夫人《ふじん》とチップが図書室《としょしつ》に着《つ》いたときには、ベルはすでに図書室《としょしつ》にいて、しょく台《だい》（ろうそく立《た》て）のルミエールと、置《お》き時計《どけい》のコグスワースもいました。

「なんてことでしょう！」

ポット夫人《ふじん》が息《いき》をのみました。

「どうしてこんなことに……。」

「吹雪《ふぶき》のせいよ。」

ベルがまどの外《そと》を指《ゆび》さして言《い》いました。折《お》れた太《ふと》い木《き》の枝《えだ》が、まどをつきやぶったのです！

われたまどから冷《つめ》たい風《かぜ》と雪《ゆき》がふきこみ、あちこちで紙《かみ》がまっています。

「ママ、寒《さむ》いよ！」

チップがつらそうにさけびます。

「ああ、わが城《しろ》の歴史《れきし》を書《か》いた書類《しょるい》が！　何百年《なんねん》もの記録《きろく》がバラバラだ！」

と、コグスワースがまゆをひそめ悲《かな》しそうに声《こえ》をあげました。書類《しょるい》をつかみ取《と》ろうとして、ピョンと飛《と》びあがりましたが、すべってゆかにうつぶせにたおれこみました。

そして、その瞬間《しゅんかん》、小《ちい》さい歯車《はぐるま》やバネが、ゆかに飛《と》びちりました。

「みんな、ちょっと待《ま》って！」

ベルが言《い》いました。

「落《お》ち着《つ》きましょう。まずは、まどをふさいで、ふきこんでくる雪《ゆき》や風《かぜ》を止《と》めるの！」

「洋服《ようふく》ダンスの中《なか》の板《いた》を使《つか》えばいい！」

と、ルミエールが思《おも》いつきました。

「それは、使《つか》えるわね。」

ベルは急《いそ》いで洋服《ようふく》ダンスから板《いた》を取《と》りだしてきて、われたまどをふさぎました。

「だいぶよくなったわ。雪《ゆき》や風《かぜ》は入《はい》らない……。でも、まだ少《すこ》し寒《さむ》いわ！」

ベルは寒《さむ》さで歯《は》をガタガタさせながら言《い》いました。

「だいぶよくなった、ですと？　このありさまはどうです！　この書類《しょるい》を順番《じゅんばん》どおりにもどすには、何時間《なんじかん》もかかりますぞ！」

コグスワースはこまりはてた顔《かお》をしています。

「みんなで協力《きょうりょく》して元《もと》どおりにすればいいわ！　ルミエール、明《あ》かりをともしてもらえる？」

「ええ、もちろんです。」

と、ルミエールがこたえます。

「お茶《ちゃ》で体《からだ》を温《あたた》めてくださいな。」

ポット夫人《ふじん》がチップの中《なか》に温《あたた》かいお茶《ちゃ》をそそいで言《い》いました。

「さあ、みなさん、どうぞ。」

「ありがとう、ポット夫人《ふじん》。」

一口《ひとくち》飲《の》んで、ベルが言《い》いました。

「寒《さむ》い冬《ふゆ》の日《ひ》には、やっぱり温《あたた》かいお茶《ちゃ》がいちばんね。」

「いや、いや、まだ本格的《ほんかくてき》な冬《ふゆ》とはいえませんぞ。十二月《がつ》の冬至《とうじ》の日《ひ》を過《す》ぎてからが冬本番《ふゆほんばん》でしょうな。」

コグスワースが手《て》をふりながら主張《しゅちょう》しました。

「たしかにそうね。」

ベルは笑《わら》いました。

「でも、こんなに外《そと》が寒《さむ》いと、まだ冬本番《ふゆほんばん》じゃないなんて思《おも》えないわ！」

「きっと、明日《あした》の朝《あさ》までにはもっと雪《ゆき》がふりますわ。」

ポット夫人《ふじん》がきっぱりと言《い》いました。

「このようすでは、まちがいありません。」

「だったらなおさら、今日《きょう》じゅうに図書室《としょしつ》をかたづけなくちゃ！　そうしたら明日《あした》、雪《ゆき》の中《なか》で遊《あそ》べるわ。わたし、雪遊《ゆきあそ》びが大好《だいす》きなの……もちろん、読書《どくしょ》の次《つぎ》に好《す》きっていう意味《いみ》だけど。」

ベルはそう言《い》って、コグスワースの方《ほう》を向《む》きました。

「コグスワース、図書室《としょしつ》の整理《せいり》のしかたを教《おし》えて。どうやってやるの？」

「まず、目録《もくろく》を作《つく》って、分類番号《ぶんるいばんごう》をつけなければいけません。それから、色分《いろわ》けして、項目《こうもく》ごとにアルファベット順《じゅん》に保管《ほかん》したいですね。」

と、コグスワースは説明《せつめい》しました。

「それならいい考《かんが》えがあるわ。まず、書類《しょるい》を年《とし》ごとに分《わ》けるのはどうかしら？」

と、ベルが言《い》いました。

「それは、いい考《かんが》えだ。」

コグスワースはうなずきました。

ベルは、散《ち》らばった書類《しょるい》を両手《りょうて》にかかえると、だんろのそばのあたたかい場所《ばしょ》に運《はこ》びました。パラパラと読《よ》むうちに、お城《しろ》の歴史《れきし》は本《ほん》と同《おな》じくらいおもしろいと気《き》づきました。ボロボロの宝物《たからもの》の地図《ちず》や、むかし山《やま》にすんでいたドラゴンの絵《え》まであるのです！　それから、ベルは、きれいな文字《もじ》が書《か》かれた金色《きんいろ》の手紙《てがみ》を見《み》つけました。

「あら、これはなにかしら？」

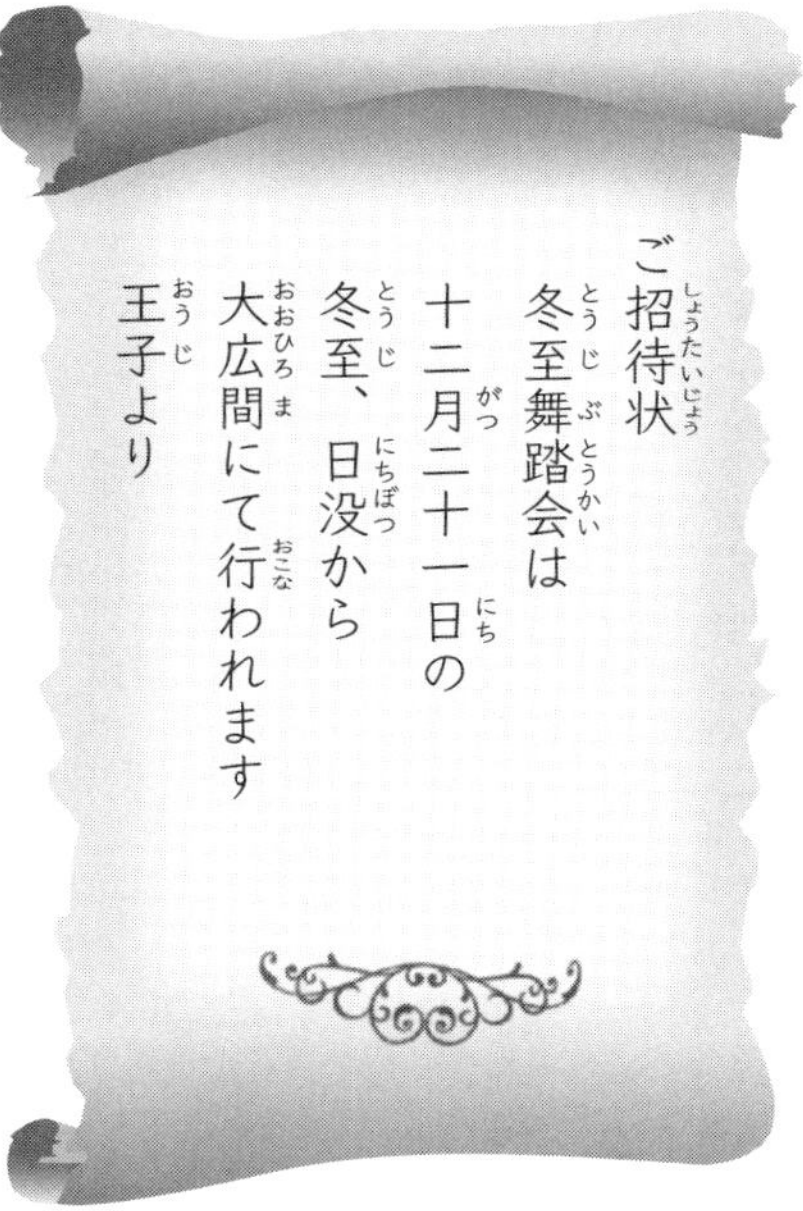

ご招待状《しょうたいじょう》
冬至《とうじ》舞踏会《ぶとうかい》は
十二月《がつ》二十一日《にち》の
冬至《とうじ》、日没《にちぼつ》から
大広間《おおひろま》にて行《おこな》われます
王子《おうじ》より

ベルが興味《きょうみ》深《ぶか》げにつぶやきました。ポット夫人《ふじん》がさっとやってきて、ベルが持《も》っている手紙《てがみ》を見《み》ました。

「まあ、それ、冬至《とうじ》の舞踏会《ぶとうかい》の案内《あんない》ですわ。お城《しろ》の行事《ぎょうじ》の中《なか》でも、いちばんすばらしい、

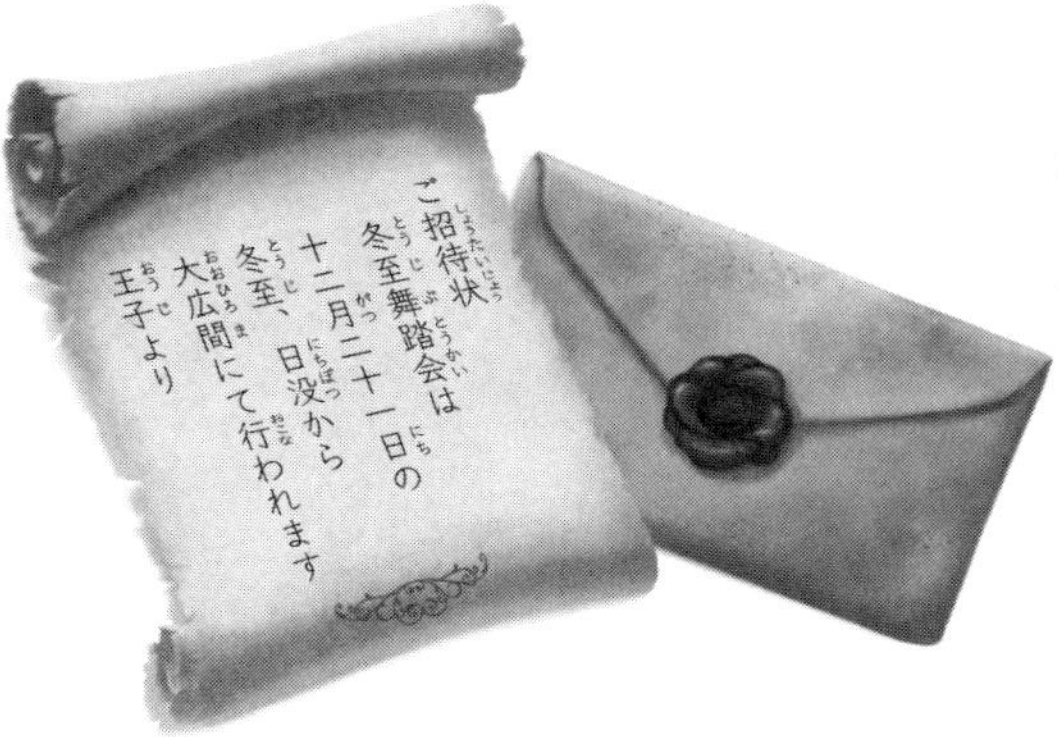

とびきりの時間《じかん》をすごせたのです！　なつかしいですわ！」

「もっと話《はな》して。ぜんぶ聞《き》きたいわ！」

ベルがうながしました。

「毎年冬至《まいとしとうじ》の日《ひ》に、冬《ふゆ》を楽《たの》しむ大舞踏会《だいぶとうかい》が開《ひら》かれていたんですよ。」

ポット夫人《ふじん》が説明《せつめい》しました。

「そう、冬至《とうじ》に開《ひら》いていたんです。本格的《ほんかくてき》な冬《ふゆ》のはじまり、そして、一年《ねん》で最《もっと》も昼間《ひるま》が短《みじか》い日《ひ》です。」

コグスワースが口《くち》をはさみます。

「そのときは、村《むら》じゅうの人《ひと》を招待《しょうたい》していましたのよ。」

と、ポット夫人《ふじん》は続《つづ》けました。

「みんな、毎年楽《まいとしたの》しみに待《ま》っていましたわ。お日《ひ》さまがしずみはじめると、お客様《きゃくさま》がお城《しろ》にやってくるんです。」

「一年《ねん》の中《なか》でいちばん暗《くら》い日《ひ》だが、お城《しろ》は光《ひか》りかがやいていた。たいまつが道《みち》をてらし……。」

と、ルミエールが言《い》うと、

「雪《ゆき》がキラキラかがやいていたわ！」

ポット夫人《ふじん》が言《い》いそえました。

「お城《しろ》じゅうにろうそくがならんでいたね。」

ルミエールが続《つづ》けます。

「なによりヒイラギがあちこちにかざりつけられていて、とてもすてきだった。大広《おおひろ》間《ま》のかべいっぱいに、ヒイラギのリースがかざられていたっけ。」

コグスワースも話《はな》します。

「宴会用《えんかいよう》の大《おお》きなテーブルには、ありとあらゆる料理《りょうり》が金《きん》の大皿《おおざら》にもられていたし、飲《の》み物《もの》もいろいろそろっていたわね。」

ポット夫人《ふじん》が言《い》います。

「ママ、デザートはどうだった？　ケーキはあったの？」

と、チップが熱心《ねっしん》にたずねます。

「もちろんよ！」

ポット夫人《ふじん》がこたえました。

「チョコレートケーキにジンジャーブレッド、プラムプディング、ジャム入《い》りタルトまであったのよ！　もちろん、クッキーも、たくさんあったわ！」

「それは、聞《き》いただけでも、すごくおいしそうね！」

と、ベルが声《こえ》をあげました。

「ええ、それはもう。でも、いちばん楽《たの》しかったのはダンスですわ。」

「ダンス？」

「そう。何時間《なんじかん》も続《つづ》くダンスね。」

と、ポット夫人《ふじん》がクスッと笑《わら》いました。

「ああ、あれはすばらしかったな。」

と、コグスワースも言《い》います。ポット夫人《ふじん》が続《つづ》けます。

「日《ひ》がしずむと、バルコニーにいるご主人様《しゅじんさま》のもとにお客様《きゃくさま》たち全員《ぜんいん》が集《あつ》まったものです。夜空《よぞら》に星《ほし》がまたたく中《なか》、みんなですばらしい友情《ゆうじょう》に感謝《かんしゃ》をささげるの。そして、オーケストラの演奏《えんそう》で、ダンスが始《はじ》まるんですよ。」

「なんてすてきなの。」

ベルがため息《いき》をつきました。

「この上《うえ》なくすてきな冬《ふゆ》の夜《よる》のすごし方《かた》ね。今年《ことし》はどんなかざりつけをするの？　それともそれは、まだ秘密《ひみつ》のお楽《たの》しみなの？」

「それが……。」

と、ポット夫人《ふじん》が言《い》いにくそうに切《き》りだし、

「われわれのすがたが変《か》わってからは……。」

と、ルミエールが続《つづ》け、

「村《むら》じゅうの人々《ひとびと》をここに招待《しょうたい》など、できぬ話《はなし》なのです。」

と、コグスワースが最後《さいご》まで言《い》いました。

ベルは、みんなの言《い》っている意味《いみ》がわかりました。

むかし、老女《ろうじょ》にすがたを変《か》えた美《うつく》しい魔女《まじょ》が、お城《しろ》に住《す》む王子《おうじ》に、一晩《ひとばん》とめてほしいとたのみました。王子《おうじ》が追《お》いかえそうとすると、魔女《まじょ》はお城全体《しろぜんたい》にのろいをかけたのです。王子《おうじ》はおそろしくみにくい野獣《やじゅう》に変《か》わりました。そして召《め》し使《つか》いたちは、家《か》具《ぐ》や食器《しょっき》に変《か》えられてしまったのです！

それからというもの、だれかが魔女《まじょ》ののろいをといてくれるのを、みんなでずっと待《ま》っているのでした。いつか野獣《やじゅう》が心《こころ》から愛《あい》する女性《じょせい》があらわれ、その女性《じょせい》も野獣《やじゅう》を愛《あい》してくれる日《ひ》が来《こ》ないかと……。このままでは、永遠《えいえん》に野獣《やじゅう》も、召《め》し使《つか》いたちも人《にん》間《げん》にもどれず、外《そと》の世界《せかい》から切《き》りはなされたままになってしまうのです。

ベルは急《きゅう》に目《め》をかがやかせました。

「いい考《かんが》えがあるわ！　お城《しろ》の中《なか》にいるみんなのために、冬至《とうじ》を楽《たの》しむ舞踏会《ぶとうかい》を開《ひら》きましょう！」

「でも、冬至《とうじ》まであと二日《ふつか》しかありませんよ！」

コグスワースが声《こえ》をあげました。

「じゅんびが、まにあいません！」

「できると思《おも》うわ。図書室《としょしつ》だってこんなに早《はや》くかたづいたじゃない！　みんなで協力《きょうりょく》したからよ。だから、舞踏会《ぶとうかい》もできるわ！」

「おわすれのようですが、ご主人様《しゅじんさま》が、冬至舞踏会《とうじぶとうかい》を開《ひら》きたくなかったらどうするんです？」

と、コグスワースがたずねました。

「お願《ねが》いに行《い》きましょう。」

ベルはもう、招待状《しょうたいじょう》を手《て》に立《た》ちあがっていました。大急《おおいそ》ぎで野獣《やじゅう》に会《あ》いにいくのを、みんなで追《お》いかけるしかありません。

野獣《やじゅう》がどう返事《へんじ》するかは、だれにもわからなかったですけれどね。

第《だい》二章《しょう》　冬至《とうじ》舞踏会《ぶとうかい》を開《ひら》こう

ベルは、すぐにろうかに飛《と》びだしていきました。

「野獣《やじゅう》さん、どこにいるの？」

そうよびかけながら、お城《しろ》じゅういたるところをさがしまわります。ダイニングルームや、野獣《やじゅう》がふだんくつろいでいるお気《き》に入《い》りの部屋《へや》、お城《しろ》の入《い》り口《ぐち》、そして、キッチンにも行《い》ってみました。そしてようやく、西《にし》のはずれの部屋《へや》に続《つづ》く階段《かいだん》をおりてくる野獣《やじゅう》を見《み》つけました。

西《にし》のはずれの部屋《へや》というのは、野獣《やじゅう》以外《いがい》は立《た》ち入《い》りを禁止《きんし》されている場所《ばしょ》です。その部屋《へや》には、野獣《やじゅう》がとても大切《たいせつ》にしているものがありました。魔法《まほう》のバラです。月日《つきひ》がたち、バラはしおれはじめ、一枚《まい》ずつ花《はな》びらを落《お》としていました。最後《さいご》の花《はな》びらが落《お》ちてしまう前《まえ》に、だれかが野獣《やじゅう》と恋《こい》に落《お》ちなければ、お城《しろ》にかけられたのろいは永《えい》遠《えん》にとくことができなくなるのです。

「まあ、そこにいたのね！」

ベルが声《こえ》をあげました。

「なんの用《よう》だ？」

野獣《やじゅう》はどなりましたが、ハッと気《き》づいて、ていねいに言《い》いなおしました。

「あ、いや、その、なにか用《よう》かな？」

「これを図書室《としょしつ》で見《み》つけたの。」

ベルは、招待状《しょうたいじょう》をさしだしました。

「今年《ことし》、冬至舞踏会《とうじぶとうかい》ができたら、すてきだと思《おも》ったの。」

「それは、ぜったいにだめだ。」

野獣《やじゅう》が言《い》います。

「どうしてなの？　みんなは、きっとよろこぶわ！」

「冬至《とうじ》だって？　いったいなにを楽《たの》しむというんだ？　一年《ねん》の中《なか》でいちばん夜《よる》が長《なが》い日《ひ》だ。そんな日《ひ》を祝《いわ》ってなんになる？」

「楽《たの》しむっていうことが大事《だいじ》なのよ！　冬《ふゆ》のいちばんゆううつな日《ひ》でも、友達《ともだち》といっしょに祝《いわ》えば楽《たの》しくなるわ。」

ベルの楽《たの》しそうなようすを見《み》て、野獣《やじゅう》はベルをがっかりさせたくないと思《おも》いました。

「……わかった。」

と、ため息《いき》をつき、こう言《い》いました。

「ただし、城《しろ》の中《なか》のものたちだけでやるのだ。」

「ああ、ありがとう！」

ベルはよろこびました。

「おまえの言《い》うとおりだといいんだが。」

と、野獣《やじゅう》はうなります。きげんの悪《わる》そうな声《こえ》でしたが、ニコニコしているベルを見《み》る野獣《やじゅう》のひとみが、かすかにかがやきました。

冬至舞踏会《とうじぶとうかい》に向《む》けて、みんながじゅんびを始《はじ》めました。コグスワースが指示《しじ》をして、ほうきにモップ、羽《はね》バタキたちが、大広間《おおひろま》のゆかから天井《てんじょう》まできれいにしてまわります。チップも手伝《てつだ》おうとしますが、せっけんのあわの上《うえ》ですべってばかり！　そうじが終《お》わると、大広間《おおひろま》はピカピカになりました。

冬至《とうじ》の日《ひ》の朝早《あさはや》く、コグスワースは大広間《おおひろま》のとびらに、太《ふと》い金色《きんいろ》のベルベットのリボンをかけて、開《あ》かないように結《むす》びました。ルミエールが入《い》り口《ぐち》に立《た》っています。

「これはなんだ？」

そこにやってきた野獣《やじゅう》が不思議《ふしぎ》そうにたずねます。その指《ゆび》はリボンを指《さ》しています。

「もうしわけございません、ご主人様《しゅじんさま》。大広間《おおひろま》は、お通《とお》りいただけませんのです。」

ルミエールが、とぼけながら、すまなそうに言《い》いました。

「西《にし》のはずれの部屋《へや》へは、いつも大広間《おおひろま》をぬけて近道《ちかみち》しているのに！」

野獣《やじゅう》が言《い》いかえしました。

「すみません、ご主人様《しゅじんさま》。舞踏会《ぶとうかい》のじゅんびをしておりますので、お楽《たの》しみはとっておきませんと！」

野獣《やじゅう》はまだなにか言《い》いたそうでしたが、ちょうどそのとき、シナモンとバニラ、さとうのあまいかおりがただよってきました。においをたどってキッチンに行《い》くと、ポット夫人《ふじん》が舞踏会用《ぶとうかいよう》のお菓子《かし》を作《つく》りおえるところでした。

「おいしそうなにおいだな。」

野獣《やじゅう》はそう言《い》って、ジンジャーブレッドに手《て》をのばしました。

「いけません、ご主人様《しゅじんさま》。」

ポット夫人《ふじん》が止《と》めました。

「まだ冷《さ》めておりません！」

それから、野獣《やじゅう》はクランベリータルトの山《やま》に気《き》がつきました。

「こっちならどうだ？」

「それもまだ冷《さ》めておりません、残念《ざんねん》ながら。」

と、ポット夫人《ふじん》がこたえました。

「ママは、ぼくにも食《た》べさせてくれなかったんだよ。」

チップが口《くち》をはさみ、ペパーミントのさとうごろもがかけられた紅白《こうはく》のケーキの皿《さら》に近《ちか》づきました。

「でも、これなら、一個《こ》を半分《はんぶん》にできるかも！」

「二人《ふたり》とも、キッチンから出《で》てくださいな！」

ポット夫人《ふじん》が声《こえ》をあげ、チップと野獣《やじゅう》をとびらの方《ほう》に追《お》いやりました。

「ベルの部屋《へや》に行《い》かなくてはならないのに、約束《やくそく》よりもう十分《ぷん》もおくれているんです！」

「さあ、チップ、こっちにおいで。」

野獣《やじゅう》がささやき、二人《ふたり》ですごすごとキッチンを出《で》ました。

「書斎《しょさい》にチョコレートがある。おまえに一つ、わたしに一つ！」

チップがニコッとしました。

ポット夫人《ふじん》もにっこりしました。いつもなら、こんなに朝早《あさはや》くからチップにチョコレートを食《た》べさせたりはしません。でも今日《きょう》——冬至舞踏会《とうじぶとうかい》の日《ひ》——は、特別《とくべつ》なのです。

「ストーブ、キッチンを見《み》ててちょうだいな。」

ろうかへと急《いそ》ぎながら、ポット夫人《ふじん》はコックのストーブに声《こえ》をかけました。

「ベルのドレスの試着《しちゃく》を見《み》にいってきます。もうがまんできないわ！」

第三《だい》章《しょう》　ベルの大切《たいせつ》なもの

ポット夫人《ふじん》がベルの部屋《へや》に入《はい》ると、ベルは美《うつく》しい舞踏会用《ぶとうかいよう》のドレスを着《き》てクルクル回《まわ》っているところでした。

「お気《き》にめしましたか？」

魔法《まほう》で洋服《ようふく》ダンスにされているワードローブが、待《ま》ちきれないようすでたずねます。

「お気《き》にめしましたか、ですって？　最高《さいこう》に気《き》に入《い》ったわ！」

ベルが声《こえ》をあげました。ベルはまた、クルッと回《まわ》りました。ドレスはキラキラした金色《きんいろ》の布《ぬの》で作《つく》られています。ほっそりした長《なが》いそでと、たっぷりしたきらびやかなスカートで、ほどよいエレガントさをたたえています。

「ワードローブ、よくやったわね。」

ポット夫人《ふじん》が言《い》いました。

「わたしたちのベルが、今夜《こんや》、とびきりすてきに見《み》えるように。」

ワードローブがこたえました。

「さあ、次《つぎ》は、わたしが大好《だいす》きなアクセサリーをどうするかよね！　なにをつけたいかしら？　ネックレス？　ブレスレット？　イヤリング？　それともぜんぶ？」

ワードローブが引《ひ》き出《だ》しをサッと開《ひら》くと、かがやく宝石《ほうせき》がならんだ、たくさんのト

レイがありました。

「まあ、どれもとてもすてきね。」

中《なか》をのぞきこみながら、ベルが言《い》いました。

「どうやって選《えら》んだらいいのかしら？　決《き》められないわ。」

ベルは、ルビーやエメラルドの指輪《ゆびわ》をはめては、宝石《ほうせき》をじっと見《み》つめていました。

そして急《きゅう》に、ハッと息《いき》をのみました。

「あら、これは？」

ベルは、ドキドキしているようです。でも、トレイの一つから、キラキラしたなにかを取《と》りだすと、笑顔《えがお》が消《き》えました。

「どうかしましたか？」

ワードローブがたずねます。

「ううん、なんでもないの。チャーム（小《ちい》さなかざり）のついたブレスレットに見《み》えたんだけど、ペンダントが重《かさ》なっているだけだったのね。ああ、今思《いまおも》い出《だ》しても、あれはすごくきれいなブレスレットだったわ。だけど、今《いま》は願《ねが》っても……。」

と、ベルはことばをとちゅうで止《と》めました。

「なにを願《ねが》っても、なのですか？」

ベルがだまってしまったので、ポット夫人《ふじん》がたずねました。

「子《こ》どものとき、パパがとても特別《とくべつ》なクリスマスプレゼントをくれたの。」

ベルがまた話《はな》しはじめました。

「何週間《なんしゅうかん》もかけて作《つく》ってくれたものなのよ。毎晩《まいばん》おそくまで、作業場《さぎょうば》から変《へん》な音《おと》が聞《き》こえていたの。やかんのお湯《ゆ》がわいたときのふえのような音《おと》や、ハンマーで鉄《てつ》をたたくような音《おと》や。そのときはなにを作《つく》っているのか、ぜんぜんわからなかった！」

ポット夫人《ふじん》もワードローブも、話《はなし》に引《ひ》きこまれ、ベルに顔《かお》を近《ちか》づけていきます。

「だから、クリスマスの朝《あさ》は、ドキドキしながら起《お》きたわ。目《め》が覚《さ》めたらまだ暗《くら》かったけど、飛《と》び起《お》きてクリスマスツリーのところに行《い》ったの。赤《あか》い紙《かみ》につつまれたうんと小《ちい》さな箱《はこ》があったわ。あんまり小《ちい》さくてびっくりしちゃった。だって、パパが作《つく》る発明品《はつめいひん》は、いつも大《おお》きなものだったから！」

ベルは、思《おも》い出《だ》しながらにっこりしました。

「箱《はこ》を開《あ》けながら、手《て》がふるえたわ。見《み》たこともないくらい美《うつく》しいものが、入《はい》っていたんですもの！」

「まあ、それはなんだったんです？」

ワードローブが、かんだかい声《こえ》でたずねます。

「キラキラした銀《ぎん》のチャームブレスレットよ。小《ちい》さいチャームが五つついていたの。冬《ふゆ》のバラ、ティーカップ、ヒイラギの葉《は》と実《み》、星《ほし》、そして、雪《ゆき》の結晶《けっしょう》よ。」

「まあ、すてき。」

ポット夫人《ふじん》が言《い》いました。

「どうしてその五つを作《つく》られたのかしら。」

と、興味深《きょうみぶか》そうです。

「それぞれに、特別《とくべつ》な意味《いみ》があったの。」

ベルは思《おも》い出《だ》すように言《い》いました。

「バラは愛《あい》の美《うつく》しさ。ティーカップは友情《ゆうじょう》のあたたかさ。冬《ふゆ》でも葉《は》を落《お》とさず、いつも変《か》わらないヒイラギは、誠実《せいじつ》さをあらわすの。雪《ゆき》の結晶《けっしょう》は、人生《じんせい》は変化《へんか》にとんでいるって思《おも》わせてくれるもの。雪《ゆき》の結晶《けっしょう》が、いちばん好《す》きだったわ。」

「では、星《ほし》にはどのような意味《いみ》が？」

ワードローブが聞《き》きました。

「ああ、星《ほし》ね？　星《ほし》は願《ねが》いごとをするためよ。」

ベルはまどの外《そと》を見《み》ました。

「もし、あのブレスレットを持《も》っていたら、今《いま》すぐその星《ほし》に願《ねが》いごとをするのに。でも、家《いえ》においてきてしまったのよ。きっと、もう二度《にど》と手《て》にとれない……。パパとも会《あ》えない……。」

ポット夫人《ふじん》とワードローブは、顔《かお》を見《み》あわせました。ベルがどんなに家《いえ》を恋《こい》しがっているか、よくわかるからです。

ベルは、父親《ちちおや》をだれよりも愛《あい》しています。だからベルは、その身代《みが》わりで野獣《やじゅう》のところに残《のこ》ったのです。父親《ちちおや》を恋《こい》しがるのも、あたりまえでした。

「それはすてきなブレスレットなのでしょうね。」

ポット夫人《ふじん》がやさしく言《い》いました。

「このドレスに、きっととてもにあったでしょう。」

ベルは、悲《かな》しそうにうなずきました。ポット夫人《ふじん》は顔《かお》をしかめました。心《こころ》から、ベルに元気《げんき》になってもらいたいのです。とつぜん、いい考《かんが》えがうかびました！

「そうだわ、わたし、このドレスににあうアクセサリーを持《も》っているわ。」

ポット夫人《ふじん》が言《い》いました。

「そうなの？　あなた、そんなの持《も》っていたかしら――。」

ワードローブが言《い》いかけましたが、そのことばをさえぎって、ポット夫人《ふじん》が続《つづ》けました。

「一族《いちぞく》で長年受《ながねんう》けついできたものなの。」

そして、ベルの方《ほう》を向《む》き、言《い》いました。

「よかったら、よろこんでおかしします。あなたにとって家族《かぞく》がどれほど大切《たいせつ》か、わかりますから。」

「まあ、うれしいわ！　どうもありがとう。」

ベルがこたえます。

「今夜《こんや》の身《み》じたくが整《ととの》うまでには、持《も》ってきますね。」

ポット夫人《ふじん》が約束《やくそく》しました。

「ごめんなさい。今《いま》はキッチンにもどらないといけないの。舞踏会《ぶとうかい》が始《はじ》まる前《まえ》にしなくてはいけないことが、まだたくさん残《のこ》っているから！」

すると、ワードローブが、ベルにこう言《い》いました。

「こっちにいらっしゃい。ドレスのすそを整《ととの》えましょう。」

一方《いっぽう》、ポット夫人《ふじん》は、キッチンではなく野獣《やじゅう》の書斎《しょさい》へと急《いそ》ぎました。そこでは、野《や》獣《じゅう》とチップが、チョコレートを分《わ》け合《あ》っているところでした。

「二人《ふたり》とも、キッチンにいらして。コグスワースとルミエールも連《つ》れて。急《いそ》いで！」

ポット夫人《ふじん》が言《い》いました。

「どうしたの、ママ？」

チップがたずねます。

「なにかあったのか？」

野獣《やじゅう》も聞《き》きました。でも、ポット夫人《ふじん》はもうろうかのずっと先《さき》に進《すす》んでいました。

第《だい》四章《しょう》　みんなでベルのために

それからすぐに、ポット夫人《ふじん》は野獣《やじゅう》、コグスワース、ルミエールとチップをひき連《つ》れて、キッチンのおくの食料庫《しょくりょうこ》に入《はい》り、とびらをしめました。

「なにごとだ？」

野獣《やじゅう》が口《くち》を開《ひら》きました。

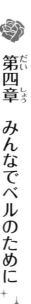

ポット夫人《ふじん》は、一つ深呼吸《しんこきゅう》をしました。

「今《いま》、ベルの部屋《へや》からもどったのですが、かわいそうに、家《いえ》が恋《こい》しいようです。」

「舞踏会《ぶとうかい》を開《ひら》けば、気《き》が晴《は》れると思《おも》ったんだが。」

野獣《やじゅう》が顔《かお》をしかめます。

「ええ、もちろんですわ。でも、舞踏会《ぶとうかい》が楽《たの》しくても、家《いえ》は恋《こい》しいでしょう……。お父様《とうさま》のこともね。」

「どうすればいい?」

ルミエールがたずねます。

「ベルは、お父様《とうさま》が作《つく》ってくれた、特別《とくべつ》なチャームブレスレットを持《も》っていたそうよ。」

ポット夫人《ふじん》が説明《せつめい》しました。

「わたしたちが、新《あたら》しいチャームブレスレットを作《つく》ってあげたらどうかと思《おも》って。今《こん》夜《や》つけられるでしょう。そうしたら、お城《しろ》を新《あたら》しいおうちと思《おも》ってもらえるかも……。そして、わたしたちを新《あたら》しい家族《かぞく》だと感《かん》じてくれるかもしれない。」

「だけど、舞踏会《ぶとうかい》は今夜《こんや》だぞ！　とてもまにあうとは思《おも》えん。」

と、コグスワースが声《こえ》をあげました。

「ベルのブレスレットは銀《ぎん》でできていて、五つのチャームがついていたそうよ。星《ほし》、雪《ゆき》の結晶《けっしょう》、冬《ふゆ》のバラの花《はな》、ヒイラギの葉《は》と実《み》、そしてティーカップ。みんなで一つずつチャームを作《つく》れば、まにあうかもしれないわ。それに、ベルも今日《きょう》は舞踏会《ぶとうかい》のじゅんびでいそがしいから、こっそり作《つく》れると思《おも》うの！」

「バラのチャームは、わたしが作《つく》ろう。」

と、野獣《やじゅう》が名《な》のりでました。

「ぼくは、雪《ゆき》の結晶《けっしょう》にする！　ベルは、雪《ゆき》の中《なか》をおさんぽするのが大好《だいす》きなんだ。」

と、チップはワクワクしています。

「すばらしいわ。ベルは雪《ゆき》の結晶《けっしょう》がいちばん好《す》きだったそうよ。もしみんながよければ、ティーカップはわたしが作《つく》ります。」

と、ポット夫人《ふじん》が言《い》いました。

「星《ほし》は、わたしが作《つく》ろう！」

ルミエールが言《い》いました。

「では、ヒイラギは、わたしが！」

コグスワースも、きっぱり言《い》います。

「そうと決《き》まれば、のんびりしてはいられない。必要《ひつよう》なものは、王室《おうしつ》の宝石室《ほうせきしつ》にある。わたしについてくるのだ！」

宝石室《ほうせきしつ》は、西《にし》の塔《とう》のいちばん上《うえ》です。七色《なないろ》の宝石《ほうせき》の山《やま》が、お日《ひ》さまにてらされて、きらめいています。赤《あか》いルビー、黄色《きいろ》のトパーズ、緑《みどり》のエメラルド、青《あお》いサファイア、むらさきのアメシスト、透明《とうめい》なダイヤモンドに、黒《くろ》のオニキス――。かべには長《なが》い金《きん》のチェーンや、糸《いと》に通《とお》したキラキラかがやく真珠《しんじゅ》がかけられ、部屋《へや》じゅう見事《みごと》な宝石《ほうせき》ばかりです！

「あらゆる宝石《ほうせき》がここにはあるのですね。」

ポット夫人《ふじん》は、身《み》ぶるいしました。

「さあ、みんなで、必要《ひつよう》なものを集《あつ》めたら、がんばって四時《じ》までに終《お》わらせましょう。そうすれば、日《ひ》がくれる前《まえ》にベルにブレスレットをわたせるわ……。そして舞踏《ぶとう》会《かい》のはじまりよ！」

みんなが宝石室《ほうせきしつ》でチャームの材料《ざいりょう》をさがしまわっているあいだに、ポット夫人《ふじん》はブレスレット用《よう》の細《ほそ》い金《きん》のくさりを見《み》つけました。

「この金《きん》のブレスレットの光沢《こうたく》は、かんぺきだわ。ベルのドレスにぴったりよ！」

ポット夫人《ふじん》は、そう言《い》うと、宝石《ほうせき》を小《ちい》さなふくろいっぱいにつめ、急《いそ》いでキッチンにもどりました。

「ママ、待《ま》って！　待《ま》ってよ！」

チップがポット夫人《ふじん》のあとを追《お》います。

「なにか手伝《てつだ》おうか？」

「まあ、うれしい。アクセサリーを作《つく》るのは、はじめてなの。なんでも手伝《てつだ》ってほしいわ！」

キッチンに着《つ》くと、二人《ふたり》はカウンターの上《うえ》に、宝石《ほうせき》をずらりとならべました。

「きれいだね、ママ。なんていう宝石《ほうせき》なの？」

「うすい青色《あおいろ》の中《なか》に虹《にじ》の色《いろ》が見《み》えるのは、オパールよ。」

ポット夫人《ふじん》がこたえました。

「ほんと、石《いし》の中《なか》に虹《にじ》があるみたいだね！」

と、チップがうれしそうに言《い》います。

「そうね。むらさきのはアメシストで、ピンクのはローズクォーツよ。」

「あら、ポット夫人《ふじん》？」

キッチンの入《い》り口《ぐち》の方《ほう》から声《こえ》がします。ベルです！ベルに見《み》られたら大変《たいへん》と、
チップとポット夫人《ふじん》は、あわてて宝石《ほうせき》の前《まえ》に立《た》ちました。

「な、なんでしょう？」

ポット夫人《ふじん》は、少《すこ》しビクビクしています。

「おじゃましてごめんなさい。ちょっとおやつがあればと思《おも》って。舞踏会《ぶとうかい》のじゅん

びって、おなかがすくものなのね！」
「ああ、まああ、そうですよね。」
ポット夫人《ふじん》はいつもの親《した》しみやすい声《こえ》でこたえました。でも、どうしましょうとい
う目《め》でチップを見《み》ました。チップにはポット夫人《ふじん》の気持《きも》ちがわかりました。ポット夫《ふ》
人《じん》が動《うご》けば、ベルに宝石《ほうせき》が見《み》えてしまいます！
チップは深《ふか》く息《いき》をすって飛《と》びあがり、空中《くうちゅう》で二回転半《かいてんはん》したかと思《おも》うと、ひっくりか
えってちょうど宝石《ほうせき》の上《うえ》にかぶさるように着地《ちゃくち》しました！
ベルが拍手《はくしゅ》をします。
「まあ、すごいわ、チップ！　みんな、舞踏会《ぶとうかい》でワクワクしているのね。」
「さあ、どうぞ。」
スコーンにラズベリージャムをぬってベルにわたしながら、ポット夫人《ふじん》があわてた
感《かん》じで言《い》いました。
「スコーンは大好物《だいこうぶつ》よ。ありがとう！」

そう言《い》って、ベルは出《で》ていきました。

ベルがいなくなると、チップとポット夫人《ふじん》は、ほっと息《いき》をつきました。

「あぶなかったね！」

チップがかんだかい声《こえ》で言《い》いました。

「それでママ、この宝石《ほうせき》でどうするの？」

「まだ決《き》めていないの。」

ポット夫人《ふじん》はそう言《い》うと、宝石《ほうせき》のつぶをティーカップの形《かたち》におきました。でも、それはどちらかというと、キラキラとかがやく花《はな》のように見《み》えます。

「ティーカップに見《み》えるように、接着剤《せっちゃくざい》でつければ？」

「いい考《かんが》えね！　ちょうどいいものがあるわ。ここで待《ま》っていて。」

ポット夫人《ふじん》が、たなの中《なか》をさがしまわると、なべやフライパンがぶつかりあって音《おと》をたてました。

「あったわ。この古《ふる》い天《てん》パン、こげだらけでもう使《つか》えないのよ。だから、この天《てん》パンのきれいなところをティーカップの形《かたち》に切《き》りましょ！　二人《ふたり》だけでやるのはむずかしいわね。ストーブ、手伝《てつだ》ってくださる？」

「もちろんだ。」

と、ストーブがこたえます。おこりっぽい性格《せいかく》ですが、彼《かれ》の料理《りょうり》のじゃまをしないかぎり、いつだって力《ちから》になってくれるのです！

ポット夫人《ふじん》とチップは、カウンターの上《うえ》にブリキ製《せい》の天《てん》パンをおきました。それから、二人《ふたり》でおさえているあいだに、ストーブがよくといだキッチンバサミを使《つか》って、ティーカップの形《かたち》を切《き》りだしました。

「見《み》て、ママ。」

チップが歓声《かんせい》をあげました。

「ほんもののティーカップみたいだ！　すっごくちっちゃいけどね。」

「すばらしいわ、ストーブ。さあ、あとは、宝石《ほうせき》をはりつける接着剤《せっちゃくざい》がいるわね。」

「接着剤《せっちゃくざい》なら書斎《しょさい》にあるよ。ぼくがとってくる！」

チップが待《ま》ちきれずに言《い》いました。

「ティーワゴンで行《い》った方《ほう》が速《はや》いわ。舞踏会《ぶとうかい》の前《まえ》に、接着剤《せっちゃくざい》をかわかす時間《じかん》がいるから！」

第《だい》五章《しょう》　みんな、てんやわんや

チップはティーワゴンにのって書斎《しょさい》まで行《い》くと、すぐに接着剤《せっちゃくざい》が入《はい》ったたびんを見《み》つけました。でも、一つ問題《もんだい》がありました。ルミエールが、もう接着剤《せっちゃくざい》を使《つか》っていたのです。それも、うんとたくさん！


つくえの上《うえ》も、ゆかも、そしてルミエールも、接着剤《せっちゃくざい》まみれです！

「ルミエール、だいじょうぶ？」

チップがたずねました。

「ちょっと手《て》こずっているよ。」

Glue

ルミエールがみとめました。

「どうしたの？」

チップに聞《き》かれ、ルミエールは、ため息《いき》をつきました。

「チャームがほんものの星《ほし》みたいにかがやくようにしたいんだ。それで、紙《かみ》を星《ほし》の形《かたち》に切《き》って、金《きん》の粉《こな》を接着剤《せっちゃくざい》ではりつけようとしたんだ。でも、接着剤《せっちゃくざい》がベトベトで、金《きん》の粉《こな》はかたまりになる。しかも、紙《かみ》の星《ほし》がまっぷたつにやぶれてしまった。ご主人《しゅじん》様《さま》の書斎《しょさい》をぐちゃぐちゃにしただけで、なんにもできていないのだ！」

「あとで手伝《てつだ》ってあげる。今《いま》はママがチャームを作《つく》るのを手伝《てつだ》ってるんだ。それで、接着剤《せっちゃくざい》をかりに来《き》たんだよ。」

「そうしてくれると、助《たす》かるな。」

ルミエールがよろこびました。

「すぐもどるから。」

チップは約束《やくそく》しました。

「それまでに、どうにか部屋《へや》をかたづけておくとするよ。」

ルミエールがうでを広《ひろ》げてそう言《い》うと、さらに、接着剤《せっちゃくざい》が飛《と》びちりました。

「それから、体《からだ》もきれいにしておくよ！」


ティーワゴンにのって急《いそ》いでもどると、チップはキッチンにすべりこみました。

「ママ！　ママ！　接着剤《せっちゃくざい》を持《も》ってきたよ！」

「ありがとう、チップ。ママは宝石《ほうせき》をならべてみたの。どう思《おも》う？」

ティーカップのチャームを見《み》て、チップはニコニコ顔《がお》になりました。

「うわあ、これなら、ベルは、きっと気《き》に入《い》るよ！」

「ああ、そうだといいけど。」

ポット夫人《ふじん》は接着剤《せっちゃくざい》を一てきずつていねいに、天《てん》パンから切《き》りだしたティーカップに落《お》としていきます。それからチップが、接着剤《せっちゃくざい》がついたところに宝石《ほうせき》をおいて、くっつけます。こうして二人《ふたり》はいっしょに、ティーカップのチャームをしあげていきました。

「これでいいわ。」

ポット夫人《ふじん》がようやく言《い》いました。

「さあ、あとは接着剤《せっちゃくざい》がかわくのを待《ま》ちましょう。」

「ママ、ぼく、書斎《しょさい》にもどってもいい？　ルミエールのチャーム作《づく》りも手伝《てつだ》ってあげるって、約束《やくそく》したんだ。」

「ええ、もちろんよ。」

ポット夫人《ふじん》が言《い》いました。

「でも、自分《じぶん》のチャームを作《つく》るのも、わすれないでね。」

「わかってる！　時間《じかん》はまだたっぷりあるから！」

そう言《い》って、チップはティーワゴンに飛《と》びのりました。スルスルーッと流《なが》れるように音《おと》をたて、よくみがかれたゆかの上《うえ》を、ティーワゴンですべりました。

「スピードの出《だ》しすぎに気《き》をつけて！」

と、ポット夫人《ふじん》が、チップにうしろから声《こえ》をかけました。

チップは、すぐに書斎《しょさい》にもどらなくちゃと先《さき》を急《いそ》ぐことにむちゅうで、ベルも書斎《しょさい》に向《む》かっているなんて、ちっとも気《き》づきませんでした！

「わあ！」

ティーワゴンとぶつかりそうになったベルが、思《おも》わずさけびました。

「そんなに急《いそ》いで、どうしたの？」

「ごめんね、ベル！」

チップがあやまりました。

「いいのよ。わたしは今《いま》、大広間《おおひろま》をポインセチアでいっぱいにしてきたところなの。少《すこ》しあまったから、野獣《やじゅう》さんの書斎《しょさい》にかざろうと思《おも》って。」

チップは息《いき》をのみました。もし、ベルが今書斎《いましょさい》に行《い》けば、ルミエールがチャームを作《つく》っているところを見《み》られてしまいます。このままでは、せっかくのサプライズがだいなしです！

「ぼくも、書斎《しょさい》に行《い》くところなんだ。だから、持《も》っていってあげるよ！」

チップはすぐに機転《きてん》をきかせて言《い》いました。

「あら、いいの？　そうしてもらえたら助《たす》かるわ。大広間《おおひろま》にもどってかざりつけを続《つづ》けられるから！」


ポインセチアをティーワゴンにのせたチップが書斎《しょさい》に入《はい》ると、さっきまでぐちゃぐちゃだった部屋《へや》がきれいにかたづいていて、なにもありません。おまけにルミエールのすがたも見《み》えません！

「ルミエール？　どこにいるの？」

「チップ、ここにいる！」

つくえの下《した》からルミエールの声《こえ》が聞《き》こえてきました。チップがつくえの下《した》をのぞきこむと、ルミエールはぞうきんで、最後《さいご》の接着剤《せっちゃくざい》をふきとっているところでした。

「ふう～！　やっと接着剤《せっちゃくざい》をふきおわった。もう、ヘトヘトだ。」

と、ルミエールがため息《いき》をつきました。

「接着剤《せっちゃくざい》を持《も》ってきたよ。」

チップはティーワゴンの上《うえ》を指《さ》して言《い》いました。

「また星《ほし》の形《かたち》を切《き》りとって、やってみる？」

ルミエールは、首《くび》を横《よこ》にふりました。

「もう接着剤《せっちゃくざい》はたくさんだ！　別《べつ》の作《つく》り方《かた》を考《かんが》えよう。」

「わかった。でも、接着剤《せっちゃくざい》を使《つか》わないで、どうやって金《きん》の粉《こな》をチャームにつけるの？」

「わからない……。なにか方法《ほうほう》を考《かんが》えなくては。」

ルミエールはしぶい顔《かお》です。

「考《かんが》えてみる。考《かんが》えてみる。なにか方法《ほうほう》を考《かんが》えてみるんだ。」

書斎《しょさい》じゅうをはねまわりながら、チップはひとりごとを言《い》っています。

つくえの上《うえ》に、切手《きって》が何枚《なんまい》もおいてありました。

「切手《きって》のうらがわは、ベタベタしているよ！」

「うらがわだけだ。星《ほし》のチャームは、両面《りょうめん》が金色《きんいろ》の方《ほう》がいい。そうだろう？」

チップはうなずきました。

「考《かんが》えて、考《かんが》えて、考《かんが》えて。」

と、また言《い》いはじめます。

「見《み》て！　引《ひ》き出《だ》しの中《なか》にインクのびんがある！　インクもベタベタだよ！」

「でも、インクは黒《くろ》いじゃないか。金《きん》の粉《こな》に黒《くろ》いインクがついたら、キラキラしなくなってしまう。」

たしかにそのとおりです。でも、チップはなにか方法《ほうほう》があるはずだとあきらめません。とはいえ、チャームの材料《ざいりょう》になりそうなものを書斎《しょさい》で見《み》つけるのは、ひと苦労《くろう》でした。羽《はね》ペン、本《ほん》、めがね、ランプ……。どれも使《つか》えそうにありません。

「ちょっと待《ま》って。」

チップが、急《きゅう》に言《い》いました。ランプのところまでピョンピョンとはねていくと、色《いろ》あざやかなガラス製《せい》のランプシェードの下《した》にある、ろうそくをのぞきこみました。

「使《つか》えるものが、あったよ！」

「なんだい？」

ルミエールが、ワクワクしてたずねます。

「ロウを使《つか》うんだよ！」

チップはそう言《い》うと、書斎《しょさい》のすみっこの道具入《どうぐい》れまではねていきました。たなに、ミツロウ（みつばちがはちみつを作《つく》るときにできるもので、みつろうそくを作《つく》る原料《げんりょう》）がつまれています。

「きみは天才《てんさい》だ！　ロウこそ、このチャームにぴったりだ！」

ルミエールはロウをほんの少《すこ》しつまむと、自分《じぶん》のろうそくでゆっくりと温《あたた》めました。

「んー。」

チップが深《ふか》く息《いき》をすいます。

「はちみつのにおいがする！」

ロウが温《あたた》まってやわらかくなると、ルミエールは星《ほし》の形《かたち》にしました。それから、チップと二人《ふたり》で星《ほし》に金《きん》の粉《こな》をふりかけます。ロウが冷《さ》めて固《かた》まると、金《きん》の粉《こな》は、しっかりロウについていました。

ルミエールはできあがった星《ほし》のチャームを光《ひかり》にかざしました。

「ほーら、キラキラだ！」

と、じまんげです。

「ベルのためにこういうのを作《つく》りたかったんだ。ありがとうよ、チップ！　きみはアーティストだ！」

チップは、ニコッとしました。

「ぼく、だれかを手伝《てつだ》うのが好《す》きなんだよ。ほかに、手伝《てつだ》ってほしい人《ひと》はいないかなあ？」

「コグスワースに手《て》をかしてあげるといい。」

ルミエールがこたえました。

「むだに大《おお》きい時計《とけい》だから、ぶきっちょで、小《ちい》さなチャームを作《つく》るのは大変《たいへん》だろう。

だれかの助《たす》けが必要《ひつよう》にちがいない！」

「コグスワース、心配《しんぱい》いらないよ！」

チップはそうさけんで、ティーワゴンに飛《と》びのりました。

「今行《いまい》くからね！」

第《だい》六章《しょう》 コグスワースのチャーム

チップはお城《しろ》のろうかをあっちへ行《い》ったり、こっちへ来《き》たりして、大声《おおごえ》でコグスワースをよびました。すると、ようやくコグスワースの声《こえ》が返《かえ》ってきました。

「わたしはここにいるぞ！ こっちだ、お入《はい》り！」

声《こえ》は温室《おんしつ》の方《ほう》から聞《き》こえます。チップがそこへ行《い》くと、中《なか》にはめずらしい植物《しょくぶつ》がいっぱいならんでいました。

「コグスワース、ブレスレットのチャームを作《つく》るのを手伝《てつだ》ってあげたらどうかって、ルミエールに言《い》われたんだ。」

コグスワースの顔《かお》にある時計《とけい》の針《はり》が、ピクピクしはじめました。

「あのおいぼれのろうそく頭《あたま》のルミエール！　かってなことを言《い》いおって。」

チップは、かたをすくめて言《い》いなおしました。

「あのね、ぼくが、ルミエールのを手伝《てつだ》ったから、コグスワースのも手伝《てつだ》えるんじゃないかなって思《おも》ったんだ。」

「まあ、それなら、ちょっと手《て》をかしてもらってもいい。」

コグスワースはすぐにこたえました。そして少《すこ》し横《よこ》に動《うご》いて、ずらりとならべた宝《ほう》石《せき》の葉《は》っぱを、チップに見《み》せました。

「最初《さいしょ》、なかなかいいアイディアがうかばなくて、温室《おんしつ》に来《き》たんだ。それで、たしかにアイディアはひらめいたんだが、どうしても、ヒイラギだけ作《つく》れないんだよ。これ、この葉《は》っぱを見《み》てくれ。ルビーのドングリだって作《つく》れたのに、ヒイラギの葉《は》や実《み》だけうまくいかないんだ！」

「でも、ヒイラギを作《つく》らなくっちゃいけないんだよね。ベルのブレスレットにつけるチャームなんだから。」

と、チップがコグスワースにやるべきことをたしかめるように言《い》いました。

「それは、わかっておるんだが……。」

コグスワースはため息《いき》をつきました。

「でも、ここにはヒイラギがないんだ！ほかの葉《は》っぱを見《み》ていると、ヒイラギがどんなふうだったか、わからなくなる。なんだかちがう葉《は》っぱができてしまうんだ。」

「庭《にわ》に大《おお》きなヒイラギの木《き》があるよ。噴水《ふんすい》のとなり。ぼくが、ヒイラギをとってきて

あげる！」

「そりゃあ、すばらしい考《かんが》えだ！」

コグスワースが言《い》いました。


チップはお城《しろ》の入《い》り口《ぐち》の大《おお》きなとびらに向《む》かいました。でも、とちゅうでばったりお母《かあ》さんのポット夫人《ふじん》に会《あ》いました。

「ぼうや、そんなに急《いそ》いでどこへ行《い》くの？」

ポット夫人《ふじん》がたずねます。

「外《そと》だよ、ママ！」

チップはほこらしげに言《い》いました。

「コグスワースがチャームを作《つく》るのに、ヒイラギの小枝《こえだ》が必要《ひつよう》なんだ。」

ポット夫人《ふじん》は首《くび》を横《よこ》にふりました。

「噴水《ふんすい》のまわりは氷《こおり》がはってるわ。すべりやすくてあぶないの。コグスワースを手伝《てつだ》うなら、なにかちがう方法《ほうほう》を考《かんが》えてちょうだい。」

「でも、ママ、それじゃあ……。」

と、チップがぼそりと言《い》いました。

「でも、それじゃあ、じゃありません。」

ポット夫人《ふじん》はピシリと言《い》いました。

チップは、ほんの一瞬《いっしゅん》、顔《かお》をしかめました。わかっていることは二つです。

コグスワースには、ヒイラギの小枝《こえだ》が必要《ひつよう》です。でも、チップがとりにいくことはできません。ならば、だれか、かわりに行《い》ってくれる人《ひと》を見《み》つけなくてはいけません。

ちょうどそのとき、カチャカチャとドアをあけしめする音《おと》が聞《き》こえてきました。西《にし》のはずれの部屋《へや》からです……。お城《しろ》の中《なか》で、行《い》ってはだめと言《い》われている場所《ばしょ》です。

チップはいいことを思《おも》いつきました。だれも見《み》ていないのをたしかめながら、西《にし》のはずれの部屋《へや》に続《つづ》く階段《かいだん》をはねて上《あ》がりました。中《なか》に入《はい》るわけじゃないもの、とチップは思《おも》いました。部屋《へや》の外《そと》から声《こえ》をかけて、ご主人様《しゅじんさま》に出《で》てきてもらえばいいんだ。

でも、チップが西《にし》のはずれの部屋《へや》の前《まえ》にたどりつくと、がっしりとした分厚《ぶあつ》いオーク材《ざい》（かたく重量感《じゅうりょうかん》のある木材《もくざい》）でできたドアはぴったりしまっていました。これではどんなに大《おお》きな声《こえ》でさけんでも、野獣《やじゅう》の耳《みみ》にはとどかないでしょう。

そこでチップは深呼吸《しんこきゅう》をしてから、少《すこ》しずつドアをおしあけて、すきまからなんとか中《なか》に入《はい》りました。でも、わざわざ、野獣《やじゅう》をよぶ必要《ひつよう》はありませんでした。ドアのちょうつがいのきしむ音《おと》で、野獣《やじゅう》に見《み》つかってしまったのです！

「だれだ!?」

野獣《やじゅう》が大声《おおごえ》で言《い》いました。そして、暗《くら》いもののかげからすがたをあらわしました。

「この部屋《へや》には入《はい》るなと言《い》ったはずだ！　このわたしをじゃまするとは！　さあ、出《で》ていけ！」

と、どなります。

「ごめんなさい。」

チップが小《ちい》さな声《こえ》であやまりました。

入《はい》ってきたのがチップだとわかると、野獣《やじゅう》はとたんにやさしい表情《ひょうじょう》になりました。

「すまない。どなることはなかった。魔法《まほう》のバラが心配《しんぱい》だったのだ。最近元気《さいきんげんき》がないから、花《はな》びらが落《お》ちるのが早《はや》くなってはいかんと思《おも》ってな。それでチップ、いったいなんの用《よう》だ？」

「コグスワースがチャームを作《つく》るのに、ヒイラギの小枝《こえだ》がいるんです。噴水《ふんすい》のとなりに大《おお》きなヒイラギの木《き》があるんだけど、まわりがこおっているから、ママがぼくを外《そと》に出《だ》してくれないの。」

チップが言《い》いました。

「わたしがとってこよう。」

と、野獣《やじゅう》が言《い》い、二人《ふたり》で階段《かいだん》をおりはじめました。

「庭《にわ》の散歩《さんぽ》はちょうどいい。一休《ひとやす》みできるからな。バラの花《はな》のチャームをしあげるのに、いい考《かんが》えがうかぶかもしれない。」

「ねえ、チャーム作《づく》りの手伝《てつだ》いは必要《ひつよう》？」

チップがたずねました。

「そうだな。どうすればチャームが冬《ふゆ》にさいたバラの花《はな》のように見《み》えるか、思《おも》いつかないのだ。外《そと》の雪《ゆき》や氷《こおり》を見《み》れば、ひらめくかもしれない。」

野獣《やじゅう》がお城《しろ》の大《おお》きなとびらを開《あ》けると同時《どうじ》に、チップが声《こえ》をあげました。

「ぼく、いい考《かんが》えがある！」

でも、二人《ふたり》とも、とびらの外《そと》にまさかベルがいるとは思《おも》ってもいませんでした！

「まあ、どうしたの？　わたしはこのリースをとびらにかけていたところなの。二人《ふたり》とも、どこに行《い》くの？」

ベルがニコニコと笑顔《えがお》で聞《き》きました。

「ああ、それは、つまり、コグスワースにヒイラギをとってきてやるのだ。」

野獣《やじゅう》はビクビクして言《い》いました。

「だが、チップ、地面《じめん》がこおっているからな。すべってしまうぞ。」

「そうなのね。よかったら、わたしがいっしょに行《い》くわ。」

と、ベルが言《い》いました。

「もちろん、いいが。」

野獣《やじゅう》は、ひやひやしているのを気《き》づかれないようにこたえてから、かたごしにチップをちらっと見《み》て言《い》いました。

「すぐにもどる！」

「じゃあね！」

チップが返事《へんじ》をすると、分厚《ぶあつ》いとびらがしまりました。チップはすぐに自分《じぶん》の大切《たいせつ》な仕事《しごと》のために、宝石室《ほうせきしつ》に向《む》かいました！

第七章《だいしょう》　ヒイラギと冬《ふゆ》のバラ

野獣《やじゅう》とベルが庭《にわ》からもどってくると、ベルはもう舞踏会《ぶとうかい》の身《み》じたくをする時間《じかん》でした。

「まあ、大変《たいへん》！」

コート掛《か》けにすがたを変《か》えられたメイドが、ベルのかみをとかしはじめると、ポット夫人《ふじん》が声《こえ》をあげました。

「かみに雪《ゆき》がたくさんついていますわ！」

「でも、かみはすぐにかわくでしょう。」

ワードローブがベルに言《い》いました。

「今夜《こんや》のヘアスタイルは、どうされるかもうお決《き》まり？」

「横《よこ》のかみを上《うえ》でまとめて、残《のこ》りはおろそうかと思《おも》っているの。どうかしら？」

「それはとてもエレガント！」

ワードローブが言《い》いました。

ベルはじっとすわり、コート掛《か》けがベルのかみをセットしはじめました。ポット夫《ふ》人《じん》はくつをならべ、ワードローブは舞踏会用《ぶとうかいよう》のドレスにアイロンがかかっているかたしかめました。でも、軽《かる》いため息《いき》が聞《き》こえてきたので、ポット夫人《ふじん》が顔《かお》をあげました。

「どうしたの、ベル？」

ポット夫人《ふじん》がベルに聞《き》きました。ベルは、むりやりほほえみました。

「パパのことを考《かんが》えていたの。今夜《こんや》ここにいられたらいいのにって。きっと、舞踏会《ぶとうかい》を楽《たの》しめたと思《おも》うのよ。」

「そうでしょうね。」

ポット夫人《ふじん》がこたえます。

「きっと、あなたのことを、とてもほこりに思《おも》うはず。だって、あなたがいなければ、舞踏会《ぶとうかい》そのものがなかったんですからね！　そういえば、まだすることが残《のこ》っていたわ。ほかになにか必要《ひつよう》なことがあれば、すぐにもどりますわ。」

「ありがとう、ポット夫人《ふじん》。」

ベルがおだやかにこたえました。ベルの父親《ちちおや》を舞踏会《ぶとうかい》に連《つ》れてこられないことは、ポット夫人《ふじん》にもわかっていました。だれも、お城《しろ》を出《で》られないのですから。そして、そろそろベルに、ブレスレットをわたす時間《じかん》です。ベルが、今《いま》ではこのお城《しろ》のみんなにとってどれだけ特別《とくべつ》なのか、わかってもらえますように！


一方《いっぽう》、野獣《やじゅう》はヒイラギの小枝《こえだ》を持《も》って、温室《おんしつ》にやってきました。

「すばらしい、じつにすばらしい！」

コグスワースはヒイラギに気《き》づくと、大《おお》よろこびしました。

「これに、実《み》をつけるために、同《おな》じ大《おお》きさのルビーが二ついる。」

続《つづ》けてコグスワースは、エメラルドをヒイラギの葉《は》の形《かたち》にまとめながら言《い》いました。

「ちょうどいい大《おお》きさのルビーをさがしてくれるかい、チップ？」

「うん、もちろんさがすよ！」

と、チップはこたえて、宝石《ほうせき》の入《はい》った大《おお》きいふくろにかけよりました。でも、はりきりすぎて、ふくろをたおしてしまいました！　七色《なないろ》の宝石《ほうせき》が、ゆかをはねて温室《おんしつ》じゅうに散《ち》らばりました。

「ああっ！」

チップが小《ちい》さい声《こえ》で言《い》いました。

「なんてことだ！」

コグスワースが声《こえ》をあげます。

「コグスワース、おまえはチャームを作《つく》るのだ。わたしは散《ち》らばった宝石《ほうせき》をさがそう。チップ、おまえはチャームにつけるルビーを見《み》つけるのだ。」

と、野獣《やじゅう》が言《い》いました。

「ありがとうございます、ご主人様《しゅじんさま》。」

と、コグスワースは感謝《かんしゃ》をこめて言《い》いました。

三人《にん》はすぐに作業《さぎょう》にとりかかりました。チップは、コグスワースのチャームのためのルビーをさがすのにいっしょうけんめいで、雪《ゆき》がやんで、見《み》えていたお日《ひ》さまが、しずみかけているのにも気《き》づきませんでした。

コグスワースのヒイラギのチャームができあがると、野獣《やじゅう》とチップは一歩下《ぽさ》がってじっくりと見《み》ました。

「よくやったな、コグスワース。」

と、野獣《やじゅう》が言《い》いました。

コグスワースはあんまりうれしくて、顔《かお》の時計《とけい》の針《はり》が何回転《なんかいてん》もしました。

「ご主人様《しゅじんさま》のお力《ちから》がなくてはむりでした。ご主人様《しゅじんさま》のチャームは、できあがったのですか？　お手伝《てつだ》いいたしましょうか？」

野獣《やじゅう》はうなずきました。

「見《み》てくれ。どうすれば冬《ふゆ》のバラに見《み》えるか、わからんのだ。」

「ぼく、わかるよ！」

チップが声《こえ》をあげます。

「だから宝石室《ほうせきしつ》に行《い》ってたんだよ。ほら、ご主人様《しゅじんさま》のために、これを持《も》ってきてあげたの！」

野獣《やじゅう》とコグスワースがチップをふりかえると、チップは、ふくろをおして二人《ふたり》の前《まえ》に持《も》ってきました。そして、ふくろをおしたおすと、中《なか》からキラキラ光《ひか》る粉《こな》があふれでました。

「ダイヤモンドの粉《こな》だよ。」

チップが説明《せつめい》します。

「花《はな》びらのはしっこにつければ、雪《ゆき》のように見《み》えるんじゃないかなあ。」

「それはいいかもしれん。」

と、野獣《やじゅう》が言《い》いました。野獣《やじゅう》が作《つく》りかけのバラの花《はな》のチャームをしっかり持《も》ち、コグスワースがぜんぶの花《はな》びらのはしに、うすく接着剤《せっちゃくざい》をぬっていきました。そのあいだに、チップはカウンターの上《うえ》に、ダイヤモンドの粉《こな》の小《ちい》さな山《やま》を作《つく》りました。それからみんなは息《いき》を止《と》め、野獣《やじゅう》がバラの花《はな》のはしを、ゆっくりとダイヤモンドの粉《こな》の山《やま》につけました。

「そのまま……そのまま……。」

コグスワースがささやき、みんなで接着剤《せっちゃくざい》がかわくのを待《ま》ちました。

「どう思《おも》う？　もうかわいたか？　ひっくりかえした方《ほう》がいいか？」

野獣《やじゅう》は心配《しんぱい》そうです。

「あと一分《ぷん》だけ。」

チップが言《い》いました。

「いいよ……さあ！」

野獣《やじゅう》は、すばやくバラの花《はな》のチャームをひっくりかえしました。ダイヤモンドの粉《こな》がかがやき、まるで雪《ゆき》をかぶったばかりの花《はな》のように見《み》えます！

「できたね！　冬《ふゆ》のバラの花《はな》になったね！」

チップがかんせいをあげます。

「おまえのおかげだ、チップ！」

野獣《やじゅう》がにっこりして言《い》いました。

「あらまあ。チップが今度《こんど》はなにをしたんです？」

やさしい声《こえ》が聞《き》こえてきました。温室《おんしつ》の入《い》り口《ぐち》にはポット夫人《ふじん》が立《た》ち、うしろにはルミエールがいます。

「チップのおかげで、チャームがずっとすてきになったのだよ。」

野獣《やじゅう》がこたえます。

「すばらしいですわ！」

ポット夫人《ふじん》がよろこびました。

「ベルが着《き》がえる前《まえ》に、ブレスレットをわたせますね！」

ルミエールはブレスレットと、ポット夫人《ふじん》のキラキラしたティーカップのチャーム、そして、自分《じぶん》のかがやく星《ほし》のチャームをかかえていました。コグスワースが飛《と》びだして、自分《じぶん》のチャームもそこにのせました。

「これがわたしのヒイラギだ！」

と、コグスワースは言《い》いました。

「わたしのバラの花《はな》も。」

野獣《やじゅう》も言《い》いました。

「まあ、すてき。」

ポット夫人《ふじん》は、それぞれのチャームをうっとりながめると、チップの方《ほう》を見《み》て、

「チップ、あなたのチャームは？　雪《ゆき》の結晶《けっしょう》はどこ？」

チップは、口《くち》をあんぐり開《あ》けました。みんなの手伝《てつだ》いにけんめいになって、自分《じぶん》のチャームを作《つく》るのをすっかりわすれてしまっていたのです！

ベルは、自分《じぶん》のブレスレットの五つのチャームの中《なか》でも、雪《ゆき》の結晶《けっしょう》がいちばん好《す》きだったと話《はな》していたのです。このままでは、新《あたら》しいブレスレットに雪《ゆき》の結晶《けっしょう》のチャームがないということになります。チップは、人生最悪《じんせいさいあく》の気分《きぶん》でした！

第《だい》八章《しょう》　チップのチャーム

「ああ、ベルのブレスレットをだいなしにしちゃった！」

チップは泣《な》きだしました。大《おお》きななみだが二《ふた》つぶ、ポトリ、ポトリとゆかに落《お》ちました。

「ベルの大好《だいす》きなチャームを作《つく》るって、みんなで約束《やくそく》したのに……。まだ作《つく》ってない！」

「ああ、チップ。」

ポット夫人《ふじん》が声《こえ》をかけました。

「泣《な》かないで。チップが手伝《てつだ》ってくれてなかったら、ママのティーカップのチャームは作《つく》れなかったわ！」

「わたしの星《ほし》もそうだ。」

ルミエールが声《こえ》をあげます。

「わたしのヒイラギだって。」

と、コグスワース。

「わたしのバラの花《はな》もそうだ。」

野獣《やじゅう》が言《い》いました。

「だから、みんなであなたのチャームを作《つく》るのを手伝《てつだ》うわ。」

ポット夫人《ふじん》が言《い》いました。

「本当《ほんとう》に?」

チップが鼻《はな》をすすります。

「もちろんだよ!」

ルミエールがこたえました。

「さあ、おいで。あまり時間《じかん》がない。」

コグスワースがせかしました。

「ベルがパパからもらったブレスレットのチャームは、銀《ぎん》でできてたんだよね。」

チップが言《い》いました。

「銀《ぎん》をハンマーでたたきのばして、雪《ゆき》の結晶《けっしょう》にできる?」

「それは、時間《じかん》がかかりすぎる。ほかの方法《ほうほう》を考《かんが》えよう。」

野獣《やじゅう》が言《い》いました。

「ねえ、銀《ぎん》のかわりに、はりがねを使《つか》うのはどうかしら？」

ポット夫人《ふじん》がたずねました。

「宝石室《ほうせきしつ》に、アクセサリーをつなげるためのはりがねが一《ひと》まきあるぞ。今朝《けさ》、あそこで見《み》たばかりだ。」

コグスワースが言《い》いました。

「はりがねをねじったら、雪《ゆき》の結晶《けっしょう》の形《かたち》にできるんじゃないかしら？」

ポット夫人《ふじん》が続《つづ》けます。

「ビーズや宝石《ほうせき》を使《つか》うのもいい。」

ルミエールの思《おも》いつきに、ポット夫人《ふじん》が目《め》をかがやかせます。

「すてきな考《かんが》えね。」

「コグスワース、宝石室《ほうせきしつ》についてこい。はりがねのある場所《ばしょ》を教《おし》えてくれ。」

野獣《やじゅう》は、急《いそ》いで部屋《へや》を出《で》ていきました。コグスワースも、あとを追《お》います。

野獣《やじゅう》とコグスワースは、もどってくると、みんなに細《ほそ》いアクセサリー用《よう》のはりがねをわたしました。みんなはだまったままもくもくと、銀《ぎん》やダイヤモンドのビーズをはりがねに通《とお》します。それぞれのはりがねにビーズを通《とお》すと、キラキラかがやくはりがねをねじって、雪《ゆき》の結晶《けっしょう》の形《かたち》にしました。

最後《さいご》に、ポット夫人《ふじん》がチャームを光《ひかり》にかざし、みんなに見《み》えるようにしました。はりがねは、とても細《ほそ》いので、ビーズやダイヤモンドが氷《こおり》のつぶのようにかがやいて見《み》えました。

みんなで作《つく》った雪《ゆき》の結晶《けっしょう》のチャームは、うっとりするほどの美《うつく》しさでした！

「なんてきれいなの。」

ポット夫人《ふじん》は感動《かんどう》しています。

「チップ、あなたがブレスレットをベルにわたすべきよ。全員《ぜんいん》のチャームを手伝《てつだ》った

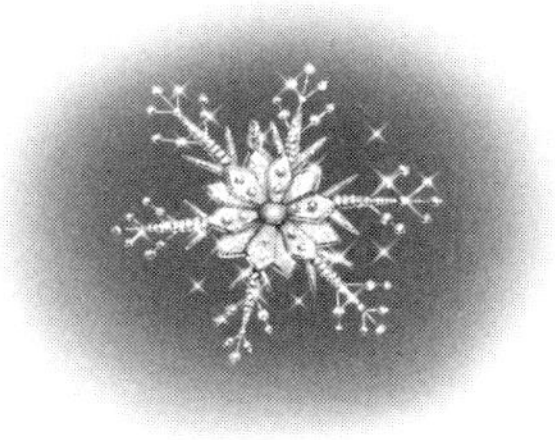

のですからね！」

野獣《やじゅう》がチャームとブレスレットをチップの中《なか》に入《い》れると、みんな笑顔《えがお》になりました。ただ一人《ひとり》、チップ以外《いがい》は――。

「ベルは、雪《ゆき》の結晶《けっしょう》を気《き》に入《い》るかな？」

チップが不安《ふあん》そうにたずねます。

「かわいいけど、ベルが持《も》っていたパパからもらったブレスレットについていたのとはちがうよ。それは銀《ぎん》でできていて、ビーズがついていなかったし……。」

「心配《しんぱい》することはない。みんなで作《つく》ったんだから、ベルは気《き》に入《い》るに決《き》まっている。」

コグスワースが笑《わら》いながら言《い》いました。

「さあ、舞踏会《ぶとうかい》の身《み》じたくが終《お》わる前《まえ》に、ベルにブレスレットをわたさないといけない。」

「みんな、急《いそ》ぐんだ！　もう、時間《じかん》がない！」

まどの外《そと》にお日《ひ》さまがしずんでいくのを見《み》ると、野獣《やじゅう》が言《い》いました。みんなで温室《おんしつ》を出《で》てベルの部屋《へや》に向《む》かいます。チップは心《こころ》の中《なか》で、ベルがよろこんでくれますようにと願《ねが》いました。

第《だい》九章《しょう》　プレゼント

みんなでベルの部屋《へや》の前《まえ》に行《い》くとコグスワースはせきばらいをし、深呼吸《しんこきゅう》して、ドアを三回《かい》、大《おお》きくノックしました。

「失礼《しつれい》いたします。ちょっとおじゃましてもよろしいでしょうか？」

ドアが少《すこ》しだけ開《ひら》き、ベルが顔《かお》を出《だ》しました。野獣《やじゅう》、コグスワース、ポット夫人《ふじん》、チップにルミエールがならんで立《た》っていたので、とてもおどろきました。

「まあ、どうしたの？　みんな。さあ、中《なか》に入《はい》って。ちょうど舞踏会用《ぶとうかいよう》のドレスに着《き》がえようとしていたのよ。」

ベルはとびらを広《ひろ》く開《あ》けました。

「こらこら！　のぞき見《み》は禁止《きんし》です！」

ワードローブがあわてて、ベルのドレスをサッと自分《じぶん》のとびらの中《なか》にかくして言《い》いました。化粧台《けしょうだい》も、くつ型《がた》も、ワードローブにならって、ベルのすてきなアクセサリーやくつを、大急《おおいそ》ぎでかくしました。

「えへん！」

コグスワースがとつぜん、あらたまった声《こえ》を出《だ》しました。

「そろそろ始《はじ》めてよろしいでしょうか？」

「なにを？」

ベルがたずねます。

「ほら、チップ。」

ポット夫人《ふじん》がチップにささやき、かるく体《からだ》をおしました。

コツン、コツン、コツン……。

チップが大理石《だいりせき》のゆかをはねて、ベルの前《まえ》に進《すす》んでいく音《おと》が、部屋《へや》じゅうにひびきました。ベルの前《まえ》に出《で》ると、チップは体《からだ》をかたむけて、ベルにカップの中《なか》を見《み》せました。

「あら、それはなあに？」

ベルが不思議《ふしぎ》そうにたずねました。チップはベルの手《て》のひらに、五つのチャームとブレスレットを出《だ》しました。ベルは一瞬《いっしゅん》、なんだかわかりませんでしたが、次《つぎ》の瞬《しゅん》間《かん》、うれしくて息《いき》をのみました。

「あら？　これはチャームに、ブレスレット？　これをわたしに？」

「わたしたち、あなたがお父様《とうさま》からもらったブレスレットの話《はなし》を聞《き》いて、今夜《こんや》の舞踏《ぶとう》会《かい》でつけるブレスレットがあるべきだという話《はなし》になったのです。」

ポット夫人《ふじん》が言《い》いはじめました。

「それで、みんなで一つずつ、チャームを作《つく》ったんですよ。」

ベルは手《て》をたたきました。

「わたしに、だれがどのチャームを作《つく》ったか、あてさせてちょうだい！」

と、ワクワクして言《い》いました。まず、ベルは星《ほし》をブレスレットにつけました。

「これは、星《ほし》ね。星《ほし》が、まるで金色《きんいろ》のろうそくの光《ひかり》のようにかがやいているわね。ルミエール？　あなたがこのチャームを作《つく》ってくれたの？」

「お気《き》にめしましたらさいわいです、マドモワゼル。」

と、ルミエールがうやうやしくおじぎをしました。

「この美《うつく》しいティーカップは、えーと。ポット夫人《ふじん》かしら？」

「そのとおりです！」

ポット夫人《ふじん》が声《こえ》をあげます。

次《つぎ》に、ベルはヒイラギのチャームを手《て》にとりました。

「ヒイラギはおめでたい感《かん》じよね。コグスワースのためにヒイラギをとりにいったから……。」

コグスワースが、ほこらしげににっこりしました。

「あと二つね。まあ、見《み》て！　雪《ゆき》がキラキラしている。このすてきなバラ！　あなたがこのバラを作《つく》ってくれたの？」

ベルは野獣《やじゅう》を見《み》ながら言《い》いました。

「そうだ。」

野獣《やじゅう》がこたえます。うつむいていましたが、声《こえ》にはうれしさがにじみでていました。

「ありがとう。」

野獣《やじゅう》のうでに、ベルがそっと手《て》をおいて言《い》いました。

「とても、きれいだわ。」

二人《ふたり》は、次《つぎ》の瞬間《しゅんかん》おたがい目《め》が合《あ》いました。ベルは顔《かお》を真《ま》っ赤《か》にして、ブレスレットに目《め》をもどしました。

「そして最後《さいご》のすてきなのは、雪《ゆき》の結晶《けっしょう》のチャームね！　まあ、なんてすばらしいの！　このかがやきは、ほんものの雪《ゆき》の結晶《けっしょう》みたい。チップ、どうやってこんなにすばらしいチャームを作《つく》ったの？」

「ダイヤモンドのビーズを多《おお》めに使《つか》ったんだ。気《き》に入《い》った、ベル？」

と、チップはよろこんでくれるといいなと願《ねが》いながらベルにたずねました。

ベルはにっこりして、雪《ゆき》の結晶《けっしょう》のチャームをブレスレットにつけながら、おだやかな声《こえ》でこう言《い》いました。

「チップ、とってもきれいよ。ブレスレットすべてが本当《ほんとう》に美《うつく》しいわ。わたしが持《も》っていたパパからもらったブレスレットとはちがうけれど、同《おな》じくらい特別《とくべつ》なものだわ。ありがとう。みんな、ありがとう……。」

そして、ベルはひと呼吸《こきゅう》おいて続《つづ》けました。

「パパはいつも、雪《ゆき》の結晶《けっしょう》のチャームは、変化《へんか》の象徴《しょうちょう》って言《い》っていたの。お城《しろ》に来《き》てから、わたしの人生《じんせい》はずいぶんと変《か》わったわ。こんなに特別《とくべつ》な新《あたら》しいお友達《ともだち》ができて、とても感謝《かんしゃ》しているの。だから、舞踏会《ぶとうかい》でみんなと冬至《とうじ》をお祝《いわ》いできるのが、本《ほん》当《とう》にうれしいわ。」

とつぜん、コグスワースがまどにかけよりました。

「ああ、お日《ひ》さまがもうすぐしずむ！　いよいよ、一年《ねん》でいちばん長《なが》い夜《よる》がやってくる。」

「さあ、さあ！」

ワードローブが声《こえ》をあげました。

「みんな、部屋《へや》から出《で》ていってくださいな！　ベルは舞踏会《ぶとうかい》のしたくをしなくてはいけないんだから！」

野獣《やじゅう》と魔法《まほう》をかけられたものたちが、部屋《へや》の外《そと》へと急《いそ》ぐのを、ベルはニコニコと見《み》ていました。

「ありがとう！　このブレスレット、本当《ほんとう》に気《き》に入《い》ったわ！　今夜《こんや》つけるのが楽《たの》しみよ！」

第《だい》十章《しょう》　冬至舞踏会《とうじぶとうかい》

「さあ、みんな、位置《いち》について！　一瞬《いっしゅん》たりとも時間《じかん》をむだにするんじゃない！」

コグスワースが命令《めいれい》しました。

「ルミエール、ろうそくに火《ひ》をともすのだ！」

「もちろん、かしこまりました。」

と、ルミエールが敬礼《けいれい》します。

「ポット夫人《ふじん》、食《た》べ物《もの》がすべてテーブルにならべられているか、たしかめてくれ。」

と、コグスワースが言《い》いました。

「ええ、すぐに！」

ポット夫人《ふじん》がこたえます。

「ご主人様《しゅじんさま》も、ごじゅんびを急《いそ》いで！」

コグスワースは大《おお》きな声《こえ》を出《だ》します。野獣《やじゅう》はうなずき、自分《じぶん》の部屋《へや》に向《む》かいます。

「そして、チップ！　きみはお城《しろ》じゅうのろうかを回《まわ》って、みんなに大広間《おおひろま》の外《そと》に集《あつ》まる時間《じかん》だと伝《つた》えてくれ。冬至舞踏会《とうじぶとうかい》が始《はじ》まると伝《つた》えるのだ！」

チップはティーワゴンに飛《と》びのると、またお城《しろ》のろうかを走《はし》りまわりました。

「舞踏会《ぶとうかい》の時間《じかん》だよ〜！」

と、できるだけ大《おお》きな声《こえ》でくりかえして言《い》います。

お日《ひ》さまがとうとう地平線《ちへいせん》のむこうにしずみ、雲《くも》があかね色《いろ》にそまると、城《しろ》じゅうのみんなは大広間《おおひろま》へと続《つづ》くとびらの外《そと》に集《あつ》まりました。コグスワースは大《おお》きいハサミを持《も》って、行《い》ったり来《き》たりしています。

みんながそろうとにっこりとして、コグスワースは、大広間《おおひろま》をふうじていたとびらにかけた金色《きんいろ》のベルベットのリボンを切《き》りました。とびらが開《ひら》き、大広間《おおひろま》があらわれると、全員《ぜんいん》がため息《いき》をもらしました。いつもの大広間《おおひろま》とはちがいます！

クリスタルの雪《ゆき》の結晶《けっしょう》や、銀《ぎん》のつららが、天井《てんじょう》からぶらさがっています。ほんものの氷《こおり》で作《つく》った像《ぞう》や、ポインセチアが、部屋《へや》じゅうにおかれています。ゆかはていねいにみがきあげられて、こおった湖《みずうみ》のようにかがやいています。

「なんてすてきなの！」

羽《はね》バタキのフェザーダスターが感《かん》きわまって言《い》いました。

「気《き》に入《い》ったかい、ハニー？」

フェザーダスターをかかえあげながら、ルミエールがたずねました。

「ここのかざりつけはぜんぶ、わたしのアイディアさ。」

「そんなことはない！　ここを美《うつく》しくしたものたちは、みな、たたえられるべきだ。」

と、コグスワースがルミエールに言《い》いました。

「わたしも、ここを美《うつく》しくしたのだぞ！」

「シーッ！」

ポット夫人《ふじん》が、開《ひら》きはじめたもう一つのとびらの方《ほう》を見《み》つめました。コグスワースとルミエールも、夫人《ふじん》が見《み》ている方《ほう》を向《む》き、開《ひら》いたとびらのむこうに立《た》つベルを見《み》て目《め》を丸《まる》くしました。

ベルが大広間《おおひろま》に入《はい》ると、みんなが息《いき》をのみました。きらめくドレスを身《み》にまとい、ベルは金色《きんいろ》にかがやくお日《ひ》さまのようにキラキラしています。

大広間《おおひろま》の反対側《はんたいがわ》で、野獣《やじゅう》はバルコニーへのとびらを開《あ》け、外《そと》に出《で》ると、みんなを手《て》まねきしました。夜空《よぞら》には、何百《なん》もの星《ほし》がまたたいています。

「冬至舞踏会《とうじぶとうかい》にようこそ！」

あたりにひびく声《こえ》で、野獣《やじゅう》が言《い》いました。おしゃれなタキシードを着《き》こなし、りりしいすがたです。

「こよいは、あたたかい友情《ゆうじょう》と、友情《ゆうじょう》が人生《じんせい》にもたらす希望《きぼう》を祝《いわ》うのだ。みなのもの、今日《きょう》は笑《わら》って、おどって、舞踏会《ぶとうかい》を心《こころ》ゆくまで楽《たの》しむように！」

魔法《まほう》をかけられたものたちが楽器《がっき》を手《て》にして演奏《えんそう》を始《はじ》めると、野獣《やじゅう》はベルに近《ちか》づいて、深《ふか》くおじぎをしました。

「ベル、とてもきれいだ。おどっていただけますか？」

ベルはやさしくほほえみました。

「ええ、もちろんよ。」

二人《ふたり》はワルツをおどって大広間《おおひろま》を回《まわ》り、みんなは、二人《ふたり》のじゃまをしないように、少《すこ》しはなれてうっとりと見《み》つめました。

ベルが動《うご》くたびに、ブレスレットに部屋《へや》の明《あ》かりがあたり、キラキラとかがやきました。

「なんておにあいなのかしら!」

ワードローブが思《おも》わず声《こえ》をあげます。

「わーーい!」

チップがティーワゴンにのってさけびました。まっすぐデザートのテーブルに向《む》かいながら!

「ご主人様《しゅじんさま》が、また舞踏会《ぶとうかい》を開《ひら》いてくださることになって、よかったわね。」

ポット夫人《ふじん》は、うれしそうにコグスワースに言《い》いました。

「これこそが、ご主人様《しゅじんさま》に必要《ひつよう》だったのよ!」

「本当《ほんとう》にそうだ。」

コグスワースも同意《どうい》します。

「さあ、おどっていただけますか、ポット夫人《ふじん》?」

「もちろんですわ。」

ポット夫人《ふじん》はにっこりとこたえました。

ティーポットと置《お》き時計《どけい》、羽《はね》バタキとしょく台《だい》、あらゆる家財道具《かざいどうぐ》たちがおどりの輪《わ》に加《くわ》わりました。みんな、これまでで最高《さいこう》ともいえるすてきな夜《よる》を楽《たの》しんでいます。

もちろん、野獣《やじゅう》とベルは、その中心《ちゅうしん》にいました。

ベルは、外《そと》の世界《せかい》からお城《しろ》にやってきましたが、お城《しろ》のみんなと、より親《した》しくなったのです。

なんてすてきな、冬《ふゆ》の夜《よる》のすごし方《かた》なのでしょう……。

ベルとお城《しろ》のなかまたちは、その晩《ばん》、いつまでも友情《ゆうじょう》に感謝《かんしゃ》しながらおどりつづけました。

プリンセスと魔《ま》法《ほう》のキス
～ぬすまれた真《しん》珠《じゅ》～

文《ぶん》/カリオペ・グラス
訳《やく》/中《なか》井《い》はるの

これまでのお話《はなし》

ティアナは、いつか自分《じぶん》のレストランを持《も》つのが夢《ゆめ》です。ある日《ひ》、おさななじみのシャーロットに仮装《かそう》パーティーにさそわれ、魔術師《まじゅつし》ファシリエにカエルにされたナヴィーン王子《おうじ》に出会《であ》います。ティアナのキスで魔法《まほう》がとけると言《い》われ、しぶしぶ王子《おうじ》にキスすると、なんと、ティアナまでカエルに！

二人《ふたり》は沼《ぬま》でワニのルイスに出会《であ》い、魔法《まほう》をといてもらうため、ママ・オーディのもとへ、いっしょに旅《たび》に出《で》ます。一等星《いっとうせい》に恋《こい》するホタルのレイが、案内役《あんないやく》で同行《どうこう》してくれました。

ママ・オーディから、シャーロットのキスで人間《にんげん》にもどれると聞《き》いた四人《にん》は、街《まち》へぎゃくもどり。旅《たび》するうちに、ティアナとナヴィーンはたがいにひかれ合《あ》うようになります。一方《いっぽう》ナヴィーンの付《つ》き人《びと》、ローレンスはファシリエの魔法《まほう》のペンダントでナヴィーンに変身《へんしん》し、シャーロットと結婚式《けっこんしき》をあげます。

これを見《み》たティアナは失望《しつぼう》しますが、レイはローレンスから魔法《まほう》のペンダントをうばい、ティアナにわたします。レイはファシリエにふみつぶされて死《し》んでしまいますが、ティアナがペンダントをこわし、ファシリエも死《し》んでいくのでした。

レイが夜空《よぞら》の星《ほし》となり、一等星《いっとうせい》のとなりでかがやくのを見《み》て、ティアナとナヴィーンは、カエルのままでもいい、結婚《けっこん》しようと式《しき》をあげてキス……すると二人《ふたり》は人間《にんげん》のすがたに！

こうして結婚《けっこん》した二人《ふたり》は、みんなが笑顔《えがお》で食事《しょくじ》のできるレストランを開《ひら》いたのです。

主《おも》な登《とう》場《じょう》人《じん》物《ぶつ》

ティアナ

マルドニア国《こく》のナヴィーン王子《おうじ》と結婚《けっこん》したプリンセス。料理人《りょうりにん》だった父《ちち》の夢《ゆめ》をついで、レストラン「ティアナのお城《しろ》」を開《ひら》き、きりもりしています。

ナヴィーン

マルドニア国《こく》の王子《おうじ》。ウクレレと歌《うた》が得意《とくい》。ティアナと結婚《けっこん》してからは、レストラン「ティアナのお城《しろ》」でお客《きゃく》様《さま》に演奏《えんそう》をきかせています。

ママ・オーディ

沼地《ぬまち》のおく深《ふか》くにすむ魔術師《まじゅつし》。歯《は》がなく目《め》も悪《わる》いけれど、魔術《まじゅつ》や薬《くすり》で人助《ひとだす》けをしてくれます。ヘビのジュジュをペットにしています。

ルイス

トランペットが得意《とくい》な心《こころ》やさしいワニ。ナヴィーンといっしょにレストランでジャズを演奏《えんそう》しています。

アルフォンス

おしゃべりなフラミンゴ。ママ・オーディの使《つか》いでティアナのところへやってきます。

シャーロット・ラバフ

実業家《じつぎょうか》でお金持《かねも》ちのラバフの一人娘《ひとりむすめ》。小《ちい》さいころからティアナとなかよしで、なにかとティアナの力《ちから》になってくれます。

ルシンダ

シャーロットのまたいとこ。口《くち》うるさくてわがままな性格《せいかく》で、シャーロットをこまらせます。

ウィリー、メイベル、ヴィンセント

ルイスが沼《ぬま》にすんでいたころの仲間《なかま》のワニたち。ルイスと、ルイスのトランペット演奏《えんそう》が大好《だいす》き。

第《だい》一章《しょう》　ティナーのじゅんび

レストランのキッチンを見《み》まわして、ティアナはにっこりしました。コンロでは、ガンボ（野菜《やさい》、魚介《ぎょかい》、鳥肉《とりにく》などを煮《に》こんだスープ）を温《あたた》めているなべがグツグツいっています。焼《や》きたてのパンは、ケーキクーラー（焼《や》きたてのケーキやパンを冷《さ》ます台《だい》）の上《うえ》でゆげを立《た》てています。まな板《いた》の上《うえ》では、山積《やまづ》みになったきれいな色《いろ》のニンジンが、切《き》られるのを待《ま》っています。キッチンのあっちでもこっちでも、いいにおいがしています。こんな光景《こうけい》に、ティアナはむねがいっぱいになり、鼻《はな》をピクピクさせました。

キッチンのドアのむこうには、日曜日《にちようび》のディナーにいちばんのりのお客様《きゃくさま》たちがやってきています。日曜日《にちようび》のディナータイムは、「ティアナのお城《しろ》」が一週間《しゅうかん》の中《なか》でいちばんいそがしいときなのです。

ティアナは、すべてのお客様《きゃくさま》にすばらしい食事《しょくじ》を出《だ》せるよう、確認《かくにん》していきます。

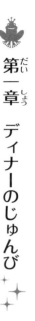

キッチンを回《まわ》り、非《ひ》のうちどころのない料理《りょうり》を出《だ》したいのです。

ガンボの味見《あじみ》をして、

「レモン汁《じる》が必要《ひつよう》ね。」

と、言《い》うと、レモンを半分《はんぶん》に切《き》り、なべの上《うえ》でしぼりました。そしてもう一度《いちど》味見《あじみ》をすると、

「これでかんぺきだわ。」

と、ほっと息《いき》をつきました。

それから、ティアナはケーキクーラーで冷《さ》ましているパンを一つ取《と》り、カリカリした底《そこ》の部分《ぶぶん》を指《ゆび》ではじきました。すると、ボンボンとひびく音《おと》がして、ティアナはにっこりしました。これならもう、いつでも食《た》べられます。

次《つぎ》にベニエ（四角《しかく》いドーナッツ）のしあげに、粉《こな》ざとうをふりかけました。これも、じゅんびオーケーです。

ティアナはもう一度《いちど》キッチンを見《み》まわして、最後《さいご》の確認《かくにん》をしました。

「ガンボはできたわ。スープもできた。パンも焼《や》けたし。あつあつのベニエと、冷《つめ》たくてあまいお茶《ちゃ》もあるし……。」

ディナーのじゅんびは、ほとんど終《お》わりです。あとは、サラダとニンジンソテーだけ。ティアナはサラダ用《よう》の野菜《やさい》をサッとあらうと、まな板《いた》のわきにおき、ニンジンを切《き》りはじめました。仕事《しごと》をしながら、ハミングしています。

音楽《おんがく》は、ティアナの毎日《まいにち》に欠《か》かせないものです。とくに、ジャズは大切《たいせつ》。だって、ティアナはジャズの本場《ほんば》、ニューオーリンズで生《う》まれ育《そだ》ったのですから。ここでは、道《みち》を歩《ある》けばかならずジャズバンドの演奏《えんそう》に出会《であ》えます。

でも、そんなニューオーリンズのどんな人《ひと》の人生《じんせい》よりも、ティアナの人生《じんせい》には、音楽《おんがく》がたくさんかかわっていました。友達《ともだち》のルイスはワニですが、このあたりでいちばんのトランペットふきです。そして、夫《おっと》のナヴィーンは、「ティアナのお城《しろ》」でルイスのバンドといっしょに、ウクレレをかなでています。

ですが、ナヴィーンはただの演奏家《えんそうか》ではなく、マルドニアという国《くに》の王子《おうじ》なのです。つまり、ティアナは、王子《おうじ》と結婚《けっこん》したプリンセスでもあるのです。プリンセスだということには、いまだに、なれていませんが……。

「プリンセス・ティアナ、さあ、今日《きょう》もがんばるのよ！」

ティアナは、温《あたた》めたフライパンに、バターときざんだニンジンを入《い》れながら、笑《わら》いました。

なんて不思議《ふしぎ》な運命《うんめい》のめぐりあわせなのでしょう！　でも、それが人生《じんせい》なのです。どんなにちゃんと計画《けいかく》をたてていても、じっさいはなにが起《お》きるかなんてわからないのだと、ティアナは今《いま》までの人生《じんせい》で学《まな》んできました。

ティアナは、いつもひたすらいっしょうけんめい働《はたら》いて、レストランを開《ひら》くお金《かね》をためていました。それは計画《けいかく》どおりでした。でも、その計画《けいかく》の中《なか》に、カエルのすがたに変《か》えられてしまうなんて入《はい》っていませんでした……。そして、本当《ほんとう》は人間《にんげん》の王子《おうじ》であるカエルと、恋《こい》に落《お》ちるなんてことも！

さいわい、ティアナとナヴィーンは、沼地《ぬまち》のおく深《ふか》くにすむ魔術師《まじゅつし》、ママ・オーディの助《たす》けをかりて、人間《にんげん》にもどることができました。計画《けいかく》どおりにいかないのもあたりまえね、とティアナは思《おも》いました。ママ・オーディのことを計算《けいさん》に入《い》れておくなんて、むりです。とにかく、ママ・オーディはなぞの人《ひと》なのですから！

ティアナはかぶりをふって、またハミングしはじめました。ニンジンが、とけたバターの上《うえ》でジュージューいいはじめ、いっしょにハミングしているようです。でも、急《きゅう》に、それ以外《いがい》の音《おと》が聞《き》こえてきました。自分《じぶん》に合《あ》わせていっしょにハミングしているのです。ティアナはうしろをふりむきました。ナヴィーンがキッチンに入《はい》ってきて、ティアナに合《あ》わせてハミングしているのでした。

「やあ、かわいいぼくのプリンセス。」

ナヴィーンはそう言《い》ってサッとかがんで、ティアナにキスをしました。

ティアナはにっこりしました。

「ナヴィーン、来《き》てくれてうれしいわ。でも、あっちにいなきゃいけないいんじゃないの？」

ティアナはダイニングルームを指《ゆび》さしました。そこではナヴィーンとルイスのバンド、ファイアフライ・ファイブが、お客様《きゃくさま》のために演奏《えんそう》しています。

「今《いま》はルイスのソロの最中《さいちゅう》なんだよ。だから、時間《じかん》はたっぷりあるのさ。」

ルイスはお客様《きゃくさま》のアンコールにもたっぷりこたえて場《ば》をもりあげるのです。ナヴィーンはそう言《い》って、またハミングしはじめました。

「じゃあ、お願《ねが》いがあるの。」

と、ティアナはフライパンからやわらかくなったニンジンを一切《ひとき》れとりました。

「この味《あじ》を見《み》て。どう？」

「うーん。」

ナヴィーンはかみながら考《かんが》えこみます。

「そうだな……。」

「どうなの？」

ティアナがこたえをせかします。

「ちょっと……。」

ナヴィーンが返事《へんじ》をひきのばします。

「ねえ、どう？　塩《しお》が足《た》りない？　それとも、入《い》れすぎ？　ディル（さわやかな香《かお》りを持《も》つハーブ）をもうちょっと足《た》すのがいい？　コショウが必要《ひつよう》？　それともなに？」

ティアナはだんだん心配《しんぱい》になってきます。

「そうじゃなくて……。」

ナヴィーンが顔《かお》をしかめ、にらむような顔《かお》つきになり、

「えっと、なんてことばだっけ……？」

こうさん、というように手《て》をふりました。

「いためすぎ？」

ティアナはあてようとします。

「それとも、生《なま》すぎる？　味《あじ》つけがまずい？　はきそう？」

ここまで来《く》ると、パニックになりそうです。

「か　ん　ぺ　き!!」

ナヴィーンがさけびました。

「そう！　かんぺきってことばがぴったりだよ！」

ティアナはほっとして、大《おお》きく息《いき》をつきました。マルドニア生《う》まれのナヴィーンのたどたどしい英語《えいご》は、たいていの場合《ばあい》、みりょく的《てき》なのですが……。日曜日《にちようび》のディナーは、いつもドキドキしてしまいます。いそがしくて、どこでなにを失敗《しっぱい》するか、わかりませんから！

「ありがとう。」

と、言《い》って、ティアナはナヴィーンのほおにキスをしました。

「どういたしまして。」

ナヴィーンがウィンクします。

「さて、そろそろルイスのソロが終《お》わるころだな。」

ダイニングルームでは、ルイスが、むねが苦《くる》しくなるくらい息《いき》をふきこんで、トランペットをふいています。

「じゃあ、もう行《い》ってあげなきゃ。」

ティアナはナヴィーンをおしだしました。

「ぼくが愛《あい》する二つのもの。どちらか一つなんて選《えら》べない……。」

ナヴィーンが、おおげさにむねに手《て》をあてます。

「それは、音楽《おんがく》と、プリンセス！」

ティアナは投《な》げキッスをしました。そして、調理《ちょうり》のとちゅうだったニンジンソテーのしあげにかかります。もう一度全体《いちどぜんたい》をまぜてから、火《ひ》を止《と》めました。

たしかに、人生《じんせい》は計画《けいかく》どおりではなかったけれど……。計画《けいかく》していたよりもよいことがありました。レストランは、はんじょうしていますし、親友《しんゆう》のシャーロットは、いつもそばにいてくれます。そして結婚《けっこん》した相手《あいて》は、王子《おうじ》なのです。それも、とびきりの、ティアナのことを理解《りかい》してくれる王子《おうじ》。

「さてと……。」

ティアナはサラダを作《つく》りながら、ひとりごとを言《い》いました。

「ディナーの時間《じかん》よ！」

ところが、ディナーのじゅんびは整《ととの》いませんでした。

ティアナが一つめのサラダボウルを手《て》にしたとき、フラミンゴが一羽《わ》、まどから飛《と》びこんできて、焼《や》きたてのベニエの上《うえ》におりたったのです。

第《だい》二章《しょう》　フラミンゴのアルフォンス

「まあ、わたしのベニエが！」

ティアナは思《おも》わずさけびました。デザートがだいなしになってしまいました！

「うわ、ああ、大変《たいへん》だ、ごめんよ、ほんとに。」

と、フラミンゴが言《い》いました。そしてパッと立《た》ちあがって、羽《はね》をバタバタさせました。粉《こな》ざとうがそこらじゅうに飛《と》びちります。

「こんなつもりじゃなかったんだ。けど、ここまでずうっと飛《と》んできたんだ！　ヘトヘトなんだよ。」

ティアナは、母親《ははおや》から教《おそ》わったことを思《おも》い出《だ》して、こう言《い》いました。

「もう気《き》にしないで。」

手《て》をさしだして、まずは長《なが》い足《あし》をふるわせているフラミンゴを落《お》ち着《つ》かせました。

「つかれたでしょう。どうぞ、すわって。あまいお茶《ちゃ》を持《も》ってくるわね。」

ティアナは、いつもフラミンゴと話《はなし》をしているわけではありません。でも、ほかの動物《どうぶつ》とは、話《はな》したことがありました。カエルに変《か》えられてからというもの、動物《どうぶつ》のことばがわかるのです。そして、動物《どうぶつ》たちも、ティアナのことばがわかります。それは、ナヴィーンも同《おな》じでした。

「あんたが、ティアナっていうこかい？」

と、言《い》って、フラミンゴは、ドサッといすにへたりこみました。

「そうよ。」

フラミンゴといっしょにテーブルにつくと、ティアナは冷《つめ》たくてあまいお茶《ちゃ》をそそぎました。フラミンゴはくちばしをつっこんで、のどがかわいてたまらないようすでグビグビと飲《の》みほしました。ひと息《いき》つくと、

「おれはアルフォンスっていうんだ。知《し》り合《あ》えて、うれしいよ。」

と、言《い》いました。

「『ティアナのお城《しろ》』に、なにかご用《よう》？」

ティアナはていねいにたずねました。そわそわしていないようにふるまってはいますが、時間《じかん》が気《き》になります。話《はなし》のとちゅうで席《せき》を立《た》つのは失礼《しつれい》ですが、レストランのお客様《きゃくさま》を待《ま》たせたくはありません！　とにかく、なんでもいいから短《みじか》い話《はなし》でありますように、と心《こころ》の中《なか》で願《ねが》いました。すると、アルフォンスが言《い》いました。

「それが、話《はな》せばものすごく長《なが》いんだ。たっぷりヒマがあるといいんだが。」

「えっと……わたし……。」

ティアナは口《くち》ごもります。

ちょうどそのとき、キッチンのドアが、バーンと開《ひら》きました。入《はい》ってきたのは、ティアナの親友《しんゆう》、シャーロットでした。日曜《にちよう》の夜《よる》は、毎週《まいしゅう》このレストランで食事《しょくじ》をするのです。

「ティアナ、ねえ、どうかしたの？」

シャーロットがたずねます。

「またいとこのルシンダがはるばる来《き》てくれたから、ここがニューオーリンズでいちばんのレストランだって教《おし》えたんだけど、なかなか料理《りょうり》が出《で》ないから、彼女《かのじょ》、きげんが悪《わる》くなってきたのよ。すっごくね！　もともと気《き》むずかしいんだけど。ねえ、なにかあったの？　ウエイターがみんな、待《ま》ってるわよ！」

そこまで言《い》って、シャーロットはフラミンゴのアルフォンスに気《き》づきました。

「まあ、どういうこと？　なんでキッチンにフラミンゴがいるの？」

シャーロットはそこでことばを止《と》め、小《ちい》さな声《こえ》でティアナにこっそり言《い》いました。

「まさか、ガンボに入《い》れるつもりなの？」

「シャーロット、来《き》てくれて、よかったわ！」

ティアナが大《おお》きな声《こえ》を出《だ》しました。友達《ともだち》の顔《かお》を見《み》て、こんなにありがたかったことはありません。

「助《たす》けてくれない？　サラダを出《だ》さなきゃいけないところに、ちょうどアルフォンスさんがいらしたのよ。」

と、言《い》って、フラミンゴを指《ゆび》さしました。

「彼《かれ》、なんだかわたしに話《はなし》があるらしいの。」

シャーロットは目《め》を丸《まる》くしてにっこりしました。

「あなたの毎日《まいにち》って、本当《ほんとう》にいろいろあるわね、おじょうさん。だから、あなたのことが大好《だいす》きなのよ！　わたしにまかせてちょうだい！」

ティアナもにっこりしました。シャーロットは、だれよりもたよりになる友達《ともだち》で

す。じつは、少《すこ》しおしゃべりで、すぐにとりみだす子《こ》なのですが、根《ね》はとにかくまじめなのです。シャーロットがサラダを急《いそ》いでもりつけるあいだに、ティアナはアルフォンスに向《む》きなおり、アルフォンスは長《なが》い話《はなし》を始《はじ》めました。

「……それで、そのとき、ああ、やっと見《み》つけた、と思《おも》ったんだ。最後《さいご》のヒントは、ネオンの明《あ》かりだったからな。それで、まどから飛《と》びこんで、あとはごぞんじのとおりだ！　ベニエをだいなしにして、本当《ほんとう》に悪《わる》かったよ。」

ティアナの口《くち》は、ポカンと開《あ》いていました。このフラミンゴはシャーロットよりおしゃべりです！　四十分《ぷん》も、ずっとしゃべりつづけていたのです。

「じゃあ、話《はなし》をまとめると、ママ・オーディは、わたしに来《き》てほしくてあなたをよこしたのね。」

「そのとおり！」

と、アルフォンスは言《い》いました。長《なが》い長《なが》い首《くび》の上《うえ》で、頭《あたま》がたてにブンブンゆれました。

「でも、どうして？」

「それはまったくわからん！　ただ、ものすごく大急《おおいそ》ぎだというのは、きみに、伝《つた》えてあったかな？」

ティアナは立《た》ちあがって、パチンと手《て》をたたきました。

「わかったわ。急《いそ》いでディナーを終《お》わらせて、レストランをしめてから、ナヴィーンとルイスにぜんぶ話《はな》すわ。」


「ふむ。ふむ。つまり、おれたちは、沼地《ぬまち》にもどるってことかい？」

ティアナ、ナヴィーン、アルフォンスといっしょにすわっていたルイスが言《い》いました。四人《にん》は、ティアナが作《つく》りなおしたベニエの残《のこ》りを分《わ》け合《あ》って食《た》べていました。ディナーのお客様《きゃくさま》たちが、みんな満足《まんぞく》してうれしそうに帰《かえ》っていくと、もう、ティアナのまぶたはくっつきそうでした。日曜日《にちようび》のディナーが終《お》わるといつもくたくたです。

「まあ――。」

と、ティアナが言《い》いました。

「そうしたいなら。もちろん、だれかいっしょに来《き》てくれるのはうれしいけど。」

「そうこなくちゃ！」

と、ルイスが言《い》いました。

「ああ、沼地《ぬまち》がどんなに恋《こい》しかったか！　沼地《ぬまち》の空気《くうき》……ギトギトした水《みず》……蚊《か》とか……ヘビとかも……。」

ナヴィーンが口《くち》をはさみました。

「おい、おい、そんなものが、本当《ほんとう》に恋《こい》しいのか?」

「ああ……いや。でも、ティアナを一人《ひとり》で行《い》かせるわけにはいかない。おれがいっしょの方《ほう》が安全《あんぜん》だ。」

「それはそうだ。」

と、アルフォンスが言《い》って、うなずきました。

「ワニに手《て》を出《だ》そうなんてやつは、いないからな。あの長《なが》くて曲《ま》がってとがった歯《は》をごらんよ。それに、なんといったってはく息《いき》がクサい。ああ、ワニってやつはサイテーだ!」

一瞬《いっしゅん》、その場《ば》がしーんとなりました。

「あ、悪《わる》くとらんでくれ、ルイス。」

と、アルフォンスはつけくわえました。

「ああ、わかってる。」

と、ルイスは静《しず》かに言《い》いました。

「アルフォンス、おまえも守《まも》ってやるから。」

アルフォンスは、羽《はね》をさかだてました。

「ああ、ありがとうよ、ギザギザの歯《は》の友《とも》よ。けど、おれはママ・オーディのところまで飛《と》んで帰《かえ》る。空《そら》にははらをすかせてツメでおそってくるやつは、あんまりいないからな。」

「ぼくだって、いっしょに行《い》けるよ。」

と、ナヴィーンがティアナに言《い》いました。ティアナはナヴィーンの手《て》をとりました。

「あなたは残《のこ》ってちょうだい。」

と、その指《ゆび》をギュッとにぎりました。

「わたしが、留守《るす》のあいだ、レストランをたのむわ。」

「ぼく？」

ナヴィーンは、不安《ふあん》そうにゴクッとつばを飲《の》みました。

「シャーロットじゃだめなのかい？」

ティアナは首《くび》を横《よこ》にふりました。

「シャーロットは、またいとこのルシンダが来《き》ていて、そのお世話《せわ》でいそがしいのよ。」

「じゃあ、わかった。でも、やることは、リストに書《か》いておいてくれるよね？　なにかわすれたら大変《たいへん》だ。」

「ええ、もちろん。ぜったいに、やることのリストは作《つく》るわ。」

と、ティアナはこたえました。

第《だい》三章《しょう》　ママ・オーディに会《あ》いに

「ねえ、ティアナ。これはやることのリストじゃないよ～。」

ナヴィーンがなげきました。

「これは、まるで、百科事典《ひゃっかじてん》だ！」

ナヴィーンは、ティアナに紙《かみ》のたばをふってみせます。ぜったいむり、という顔《かお》をしています。

「できるだけ短《みじか》くしたのよ。」

もうしわけなさそうに、ティアナが言《い》いました。

「ナヴィーン、レストランをやっていくのって、ほんとに大変《たいへん》よね！」

ティアナはスーツケースを持《も》ちあげました。そのそばで、ルイスがトランペットとピクニック用《よう》のバスケットをかかえています。旅《たび》のしたくはそれだけです。

「オーブンのそうじだけはわすれないでちょうだいね。」

ティアナはナヴィーンに念《ねん》をおしました。

「わすれないけどさ……。」

ナヴィーンが不安《ふあん》そうに言《い》います。

「それから、テーブルのろうそくを新《あたら》しくするのも、たのむわね！」

「わかったよ……。」

「それに、今日《きょう》は市場《いちば》の日《ひ》よ！　ガンボ用《よう》のザリガニをたっぷり買《か》っておいてね。」

「わかったけど……。」

「だいじょうぶ！　きっと、うまくいくわ！」

ティアナは手《て》をふってルイスと出《で》ていきました。ナヴィーンも手《て》をふっていましたが、こまった顔《かお》をしています。

ナヴィーンに声《こえ》が聞《き》こえないくらいのところまで来《く》ると、ルイスがティアナに向《む》きなおりました。

「ね、ナヴィーンのこと、本当《ほんとう》にだいじょうぶと思《おも》ってるのかい？」

ティアナは明《あか》るくうなずきました。

「ええ、もちろんよ！」

ルイスは信《しん》じていないようです。

「本当《ほんとう》に？」

「いいえ、本当《ほんとう》はそう思《おも》っていないわ。」

と、ティアナはため息《いき》をつきました。

正直《しょうじき》なところ、ティアナはナヴィーンに、大切《たいせつ》なレストランをまかせて出《で》かけたくはありませんでした。自分以外《じぶんいがい》のだれにも、レストランのきりもりをさせたくはなかったのです。でも、しかたがありませんでした。ママ・オーディからよばれたからです。ママ・オーディには、行《い》けない、いやだなんて言《い》えません。

ティアナたちは、とにかく道《みち》を急《いそ》ぎました。夜《よる》になる前《まえ》に、ママ・オーディの木《き》の上《うえ》にある船《ふね》の家《いえ》に着《つ》きたいのです。沼地《ぬまち》のおく深《ふか》くに行《い》くのは、カエルのすがたをしていたとき以来《いらい》のことでした。

「おい、ティアナ！」

ルイスは、うろこだらけのゴツゴツの指《ゆび》で、沼《ぬま》を指《さ》して言《い》いました。

「ここ、覚《おぼ》えてるか？」

ティアナは目《め》を細《ほそ》めました。ここまでに通《とお》りすぎてきたいくつもの沼《ぬま》と、とくにちがいはありません。でも、そのとき、見《み》たことのある、みきにあなの開《あ》いた木《き》に気《き》づ

きました。

「ええ！　ルイス、このあたりで、わたしたちは出会《であ》った？」

はじめてルイスと出会《であ》ったとき、ティアナとナヴィーンは、カエルのすがたをしていました。だから、ルイスがこわくてたまりませんでした。でも、ルイスはナヴィーンの音楽《おんがく》の才能《さいのう》をすばらしいと思《おも》い、二人《ふたり》を食《た》べず、友達《ともだち》になることにしたのです。

ルイスにとっては、音楽《おんがく》がすべてなのでした。

「そのとおり！」

と、ルイスはうれしそうにあたりを見《み》まわします。

「ここにすんでたんだよな。」

と、言《い》うと、ため息《いき》をつきました。

「おれがいなくなったって、だれか気《き》づいたかなあ。」

「なかよしの友達《ともだち》がいたの？」

ティアナはたずねました。

それを聞《き》いて、ルイスの顔《かお》がパッと明《あか》るくなりました。

「いたよ。ウィリー、女《おんな》の子《こ》のメイベル、それにヴィンセントっていう名前《なまえ》の……。」

「おい！　そこを動《うご》くな！」

とつぜん、大《おお》きな声《こえ》がしました。こわい顔《かお》の大《おお》きなワニが三匹《びき》、ティアナとルイスの方《ほう》に泳《およ》いできます。それもものすごいスピードで！

「ルイスだ！」

そのうちの一匹《ぴき》がさけびました。

「にがすな！」

「ルイス、止《と》まれ！」

べつの一匹《ぴき》がさけびました。

「とっつかまえてやる！」

ワニたちはスピードを上《あ》げてせまってきます。するどい歯《は》が、お日《ひ》さまの光《ひかり》をあびてギラギラかがやいています。しっぽが、どろ水《みず》の中《なか》でバシンと動《うご》きました。

「おっと。まずいぞ！」

ルイスがティアナの手《て》をにぎり、二人《ふたり》はいっしょにかけだしました。

おれたアシをふみちらし、木《き》にからんだつるにひっかかり、くさりかけた落《お》ち葉《ば》ですべりながらも走《はし》りつづけました。でも、ちょっとひと息《いき》つこうと立《た》ちどまると、もうだれも追《お》いかけてきていませんでした。

「あれは、だれだったの？」

ティアナは、ハアハア言《い》いながらたずねました。

「あれが、ウィリーとメイベルと、ヴィンセントだ。」

ルイスはぼそっとこたえました。

「お友達《ともだち》じゃなかったの？」

「おれはそう思《おも》っていたけど、ちがったみたいだな。」

ルイスはなんだか悲《かな》しそうです。

「ああ、ルイス、かわいそうに。」

ティアナはルイスをだきしめました。

ルイスはかたをすくめると、平気《へいき》そうな顔《かお》をしてみせました。

「それで、ここはどこだろう。」

ルイスはあたりを見《み》まわしながら言《い》いました。

「おまえさんたち、とうちゃくだよ。」

頭《あたま》の上《うえ》で、しわがれ声《ごえ》がしました。

ティアナは年老《としお》いた女《おんな》の人《ひと》を見《み》あげました。ママ・オーディです！　そのとなりで、長《なが》い首《くび》をまどからつきだし、アルフォンスがティアナに羽《はね》をふりました。

高《たか》い木《き》の上《うえ》にひっかかった古《ふる》い船《ふね》の家《いえ》で、立《た》ちあがっています。

「ママ・オーディ！　こんにちは！」

ティアナは大《おお》きな声《こえ》で言《い》って手《て》をふりました。

「ああ、二人《ふたり》とも、よく来《き》たね。」

ママ・オーディも大《おお》きな声《こえ》でこたえました。

「おまえたちはめちゃくちゃ急《いそ》いで来《く》るだろうって、アルフォンスから聞《き》いてはいたが。もう着《つ》いたとは！」

「めちゃくちゃ急《いそ》いでっていうのは、あたってます。」

ティアナがかみの毛《け》にからみついた小枝《こえだ》をとりながら言《い》いました。

「ちょっといろいろあって！」

「あったかいものが食《た》べたそうだね。」

「ああ、それはありがたい。」

ルイスが言《い》いました。ティアナもブンブン首《くび》をたてにふりました。

「スパイスがきいたおいしいガンボはどうだい？」

ママ・オーディがたずねました。ティアナのおなかがグルル～と鳴《な》りました。ワニたちに追《お》いかけられたせいで、お昼《ひる》を食《た》べるのをすっかりわすれていたのです！　すぐにでも落《お》ち着《つ》いてなにか食《た》べたくてたまりません。

「それはとってもうれしいわ！」

と、ティアナはこたえました。

「なら、上《あ》がってきて自分《じぶん》で作《つく》りな！」

ママ・オーディがさけびました。そして、木《き》のスプーンをティアナにむけてふると、家《いえ》の中《なか》に消《き》えていきました。ティアナはにっこりしてうなずき、階段《かいだん》をのぼりはじめました。やっぱり、ママ・オーディには、いやとは言《い》えないのです。

第四章《だいしょう》　再会《さいかい》

ティアナはエプロンをこしにキュッとむすびました。つかれてはいましたが、料理《りょうり》ができないほどではありません。じっさい、どんなにつかれていても、料理《りょうり》だけはできました。いつものようにハミングしながら、セロリ、ピーマン、オクラをきざみます。

ルイスは、火《ひ》のそばのひじかけいすにどっかりとすわりました。ティアナの歌《うた》に合《あ》わせて、トランペットをやさしくふいています。ママ・オーディも足《あし》でリズムをとり、ヘビのジュジュはねむそうに首《くび》をふっています。

ティアナは、小《ちい》さなころからガンボを作《つく》っています。毎日作《まいにちつく》るのがあたりまえになっているのです。そして、いつも名料理人《めいりょうりにん》だったパパのことを思《おも》い出《だ》すのです。ティアナの知《し》るかぎり、いちばんのシェフでした。今《いま》でも、パパのあたたかい声《こえ》がはっきりと聞《き》こえてきます。力強《ちからづよ》いうでできしめられるような感《かん》じもします。ガンボを作《つく》ると、またパパといっしょにいられる、と感《かん》じるのです。パパの愛《あい》を感《かん》じるのです。

「まったく。」

と、ママ・オーディが言《い》いました。

「おまえみたいに、人《ひと》に食《た》べさせるのが大好《だいす》きな子《こ》は、見《み》たことがないよ。」

ティアナはにっこりして言《い》いました。

「だからレストランを開《ひら》いたんです。」

ガンボをまぜながら、ナヴィーンはどうしているかしらと思《おも》いました。月曜日《げつようび》の夜《よる》はだいたいすいているのですが、それでもすることがたくさんあります！　コーンブレッドを焼《や》きわすれませんように！　ナヴィーンがコーンブレッドを焼《や》いているすがたを思《おも》いうかべると、とてもおかしくて、ティアナは大《おお》きな声《こえ》で笑《わら》ってしまいました。

それから、心配《しんぱい》になってきました。コーンブレッドをこがしちゃったら？　キッチンが火事《かじ》になったら？　ティアナはガンボをまぜる手《て》を止《と》めました。むねがドキドキしてきます。レストランが焼《や》けちゃったら？　それとも、レストランは焼《や》けちゃわなくても、お客様《きゃくさま》がおいしくないって言《い》ったら？　その方《ほう》が大変《たいへん》だわ！

「ちょっと！」

ママ・オーディがピシリと言《い》いました。ティアナは飛《と》びあがって、われにかえります。ママ・オーディがしかりました。

「ブツブツ言《い》ってないで、さっさと料理《りょうり》を持《も》っておいで。」

ティアナはにっこりしました。ママ・オーディはとてもえらそうですが、ティアナがどうしてほしいか、よくわかっているのです。そして、今《いま》ティアナに必要《ひつよう》なのは、気《き》をまぎらわせることでした！

大《おお》きさがまちまちなボウルがいくつか、たなにのっていました。ティアナはエプロンをはずすと、ガンボをそのうちの五つにもりつけて、ママ・オーディ、ルイス、アルフォンス、ジュジュといっしょに食事《しょくじ》のテーブルにつきました。ジュジュは、ありがとうと言《い》うようにしっぽをパチョッとふりました。

少《すこ》しのあいだ、だれもしゃべりませんでした。ただいっしょに食《た》べながら、沼地《ぬまち》に夜《よる》を告《つ》げる鳥《とり》たちが鳴《な》くのを聞《き》いていました。しばらくすると、ママ・オーディがテーブルからいすごと体《からだ》を引《ひ》きました。スプーンがからっぽのボウルの中《なか》で音《おと》をたてます。

「このガンボ、悪《わる》くなかったよ。ティアナ、夕食《ゆうしょく》を作《つく》るためにはるばる来《き》てくれて、

本当《ほんとう》にいい子《こ》だ。」

「ねえ、ママ・オーディ、本当《ほんとう》はどうしてわたしをよんだんですか？」

「さあ、おいしいガンボを食《た》べたかったからかねえ。」

ママ・オーディの目《め》は、濃《こ》い色《いろ》のめがねのおくで見《み》えませんが、キラキラ光《ひか》っているはず、と、ティアナは思《おも》いました。

「そんなわけはないでしょう。」

と、ティアナはにっこりしました。

「ママ・オーディのガンボをいただいたことがあるけれど、わたしのよりもおいしかったもの。」

「ああ、それはたしかに！」

ママ・オーディが大《おお》きな声《こえ》でクワックワッと笑《わら》いました。そして、しわくちゃの顔《かお》から笑《え》みが消《き》えました。

「ティアナ、よんだのはほかに理由《りゆう》がある。あんたに、助《たす》けてほしいのさ。」

第五章《だいしょう》　ママ・オーディのたのみごと

ティアナには、信《しん》じられませんでした。ママ・オーディが、わたしに助《たす》けてほしいと？　ニューオーリンズいちの魔術師《まじゅつし》で、沼地《ぬまち》でいちばんおそれられているママ・オーディが、じみでつつましやかなシェフのティアナに助《たす》けてほしいとはどういうことでしょう？

「もちろん、できることならなんでも手伝《てつだ》います。だけど……。」

ティアナは息《いき》をのみました。ママ・オーディが真珠《しんじゅ》をかかげています。美《うつく》しくて、大《おお》きくて、まん丸《まる》な真珠《しんじゅ》です。

「きれいだろう？　光《ひか》るともっときれいなんだよ。」

「光《ひか》るって？」

ルイスがたずねました。ティアナと同《おな》じくらい、不思議《ふしぎ》そうな顔《かお》です。

「この真珠《しんじゅ》には魔力《まりょく》がある。でも、姉妹《しまい》でいっしょのときにしか、その力《ちから》は出《だ》せないのさ。」

「真珠《しんじゅ》に姉妹《しまい》がいるの？」

ティアナが言《い》いました。

「ああ、この真珠《しんじゅ》は、ってことだ。いいかい、おまえが生《う》まれるよりも前《まえ》、沼《ぬま》の底《そこ》の深《ふか》いところで、魔法《まほう》にかけられた貝《かい》の中《なか》に、二つの真珠《しんじゅ》があるのを見《み》つけたんだよ。一つのさやに入《はい》った二つの豆《まめ》みたいだった。強《つよ》い魔力《まりょく》を持《も》っているが、二つがいっしょにあるときにしか、その力《ちから》は出《だ》せない。そして、先週《せんしゅう》、その……かたほうがぬすまれたんだ。」

「ぬすまれただって⁉」

ルイスがさけびました。

「どうして？」

と、ティアナがたずねました。

ママ・オーディからものをぬすめるなんて、信《しん》じられなかったからです。目《め》は見《み》えないですが、沼地《ぬまち》で起《お》きることは、なんでもわかるのですから。

「それが、わからんのじゃ！」

ママ・オーディが言《い》いました。イライラしてうでを広《ひろ》げます。

「だれだろうと、とにかくこそこそしたやつだ。そして、力《ちから》もある。あたしに気《き》づかれずに沼地《ぬまち》を出入《でい》りするのはかんたんではない。残《のこ》ったこの子《こ》にもうかたほうがどこにいるか、たずねてみた。でも、どろぼうがニューオーリンズのどこかにかくしたということしかわからない、と言《い》うんだ。」

「その真珠《しんじゅ》、話《はな》せるのか？」

ルイスが目《め》を丸《まる》くしてたずねます。

「聞《き》き方《かた》がわかればな。この真珠《しんじゅ》が言《い》うには、そのどろぼうは、普通《ふつう》の真珠《しんじゅ》の中《なか》にたわれをまぎれこませてかくしたそうなんだよ。」

「じゃあ、ニューオーリンズでだれかが、魔法《まほう》の真珠《しんじゅ》を身《み》につけているのね……。」

「……そして、だれも気《き》づかん。」

ママ・オーディが、ティアナのことばを受《う》けました。

「さあ、ティアナ、手《て》をお出《だ》し。」

ティアナはすなおに手《て》を出《だ》しました。ママ・オーディはその手《て》のひらに真珠《しんじゅ》をおき、にぎらせました。

「これを街《まち》に持《も》って帰《かえ》っておくれ。かたわれをさがすのに使《つか》えるからな。近《ちか》づくと光《ひか》りだすのさ。でも気《き》をつけて。悪《わる》い魔法《まほう》と戦《たたか》わねばならんのだから。」

ティアナは真珠《しんじゅ》をにぎりしめました。ツルツルして、少《すこ》しあたたかく感《かん》じます。

「がんばります、ママ・オーディ。」

「そうこなくちゃな。」

と、ママ・オーディが言《い》いました。

翌朝《よくあさ》、沼地《ぬまち》を進《すす》みながら、ルイスがたずねました。

「どうやって真珠《しんじゅ》を見《み》つけるつもりなんだ、ティアナ？」

ティアナは飛《と》んできた蚊《か》をピシャリとたたいて、ため息《いき》をつきました。

「わからないわ、ルイス。でも、帰《かえ》ったらすぐに、計画《けいかく》をたてましょう。」

「帰《かえ》るだって？」

と、声《こえ》が聞《き》こえました。

「でも、ルイス……。」

と、別《べつ》の声《こえ》が聞《き》こえました。

「……おまえの家《いえ》はここだろ？」

と、また別《べつ》の声《こえ》が、話《はなし》をむすびました。ティアナとルイスは、サッとあたりを見《み》まわしました。きのう二人《ふたり》を追《お》ってきた三匹《びき》の大《おお》きなワニが、うしろに立《た》っています。

「あー。」

ルイスが言《い》いました。そして、ぎこちなく手《て》をふりました。

「よう。」

ティアナがまばたきをするまもなく、三匹《びき》のワニがルイスに飛《と》びかかると、砂《すな》けむりがたちのぼり、ルイスのすがたが見《み》えなくなってしまいました。

「ルイス！」

ティアナがさけびました。

第《だい》六章《しょう》　どうやってさがす？

ティアナは地面《じめん》に落《お》ちている枝《えだ》をつかみました。いつでもふりまわせるよう、持《も》ちあげてかまえます。とにかく、ルイスを助《たす》けないと……。

でも、よく見《み》ると、その必要《ひつよう》はありませんでした。

「さびしかったんだからな！」

と、彼《かれ》らのうちの一匹《ぴき》が言《い》いました。ティアナはわけがわからず、枝《えだ》をおろしました。ワニたちはルイスをおそっているのではなく——だきしめています。

「それに、そのトランペットも。」

別《べつ》のワニが言《い》いました。

「あんたがいなくなってから、沼地《ぬまち》が静《しず》かすぎて！」

「そうさ。」

と、三匹《びき》めが言《い》いました。

「もうホタルたちはおれたちをパーティーにさそってくれないんだ。おまえがトランペットをふかないなら、よんでも意味《いみ》がないってさ。本当《ほんとう》にたいくつだぜ！」

「きのうはおどかして悪《わる》かった。」

最初《さいしょ》のワニが、おどおどと言《い》いました。

「さびしくてたまらなかったんだよ！」

ルイスはようやく立《た》ちあがりました。

「つたく、おまえらときたら。」

砂《すな》ぼこりをかぶったルイスは、にんまりと、うれしそうに歯《は》を見《み》せて笑《わら》いました。

「おれだって、さびしかったさ！」

「どこに行《い》くの？」

いちばん小《ちい》さいワニがたずねました。いちばん小《ちい》さいから、きっと、これがメイベルだわ、とティアナは思《おも》いました。

「今《いま》すんでるところには、もっと音楽《おんがく》があふれているの？」

ルイスは、ニューオーリンズの街《まち》のことをいろいろ話《はな》して聞《き》かせました。「ティアナのお城《しろ》」やナヴィーンのこと、夜《よる》おそくまでトランペットをふき、人々《ひとびと》がそれに合《あ》わせておどること……。

「みんなで行《い》ってみたい！」

ワニたちがいっせいに言《い》いました。

ルイスは大《おお》よろこびで手《て》をたたき、お願《ねが》い、という目《め》でティアナを見《み》ます。

「たのむよ、ティアナ。みんなを連《つ》れてってていいだろ？」

「そうねえ。」

ティアナは考《かんが》えながら言《い》いました。

「悪《わる》くない考《かんが》えだわ。」

ワニが三匹《びき》ふえれば、真珠《しんじゅ》どろぼうをさがしやすいかもしれないと思《おも》ったのです。


ワニを一匹《ぴき》連《つ》れているだけでも、ニューオーリンズの街《まち》を歩《ある》くのは大変《たいへん》です。いつもルイスを連《つ》れて歩《ある》いているからわかっています。「ティアナのお城《しろ》」にワニを四匹《ひき》も連《つ》れて帰《かえ》るなんて、むちゃな話《はなし》です。そこで、お日《ひ》さまがしずむまで、みんなで街《まち》はずれで待《ま》ちました。暗《くら》くなるのを待《ま》ってから、こっそりレストランに向《む》かいます。

「おなかがすいた。」

と、メイベルが言《い》いました。

「あんたの『城《しろ》』には、食《た》べ物《もの》はある？」

「だいじょうぶ。きっと、こんなおいしいもの食《た》べたことがないって言《い》うわ。」

ティアナは、ワニのために料理《りょうり》をするのは大好《だいす》きです。だってワニの食欲《しょくよく》はすごくて、すべてたいらげてくれるのですから！

みんなで角《かど》を曲《ま》がると、見《み》えました。「ティアナのお城《しろ》」です！

ティアナは、ほっとして大《おお》きく息《いき》をつきました。さいわい、留守《るす》のあいだ、レストランは焼《や》け落《お》ちずにすんだようです。

「うら口《ぐち》から入《はい》るわよ。キッチンで食《た》べ物《もの》を用意《ようい》するわ。」

でも、キッチンに一歩《ぽ》入《はい》ると、ティアナは目《め》を見開《みひら》きました。ジャンバラヤ（エビ、ハム、トマトなどの入《はい》ったたきこみごはん）が、ガス台《だい》の上《うえ》で煮《に》えています。そこまではよかったのですが、オーブンからは、いやなけむりが出《で》ています。そして、ほうれん草《そう》のクリーム煮《に》は、ぜんぜん煮《に》こまれていません。ほうれん草《そう》はあらわれてもいないようです！

ナヴィーンはあちこち走《はし》りまわって、なんとかディナーをじゅんびしようとしていました。かみをふりみだし、顔《かお》はすすだらけ。服《ふく》は粉《こな》だらけです。もどってきたティアナを見《み》つけて、パッとその目《め》がかがやきました。

「ぼくのプリンセス！」

ナヴィーンは半分《はんぶん》泣《な》いたようなたよりない声《こえ》をあげてかけよってきました。ティアナを思《おも》いきりだきあげたので、ティアナも粉《こな》だらけになりました。

「助《たす》けてくれ！　とんでもないことになってるんだ！」

ティアナはキッチンを見《み》まわしました。

「そうみたいね。」

ナヴィーンはがっくりとうなだれました。

「心配《しんぱい》ないわ。正直《しょうじき》に言《い》うと、もっとすごいことになってると思《おも》ってたから。」

そう言《い》ってナヴィーンにウィンクすると、ティアナは仕事《しごと》にとりかかりました。

キッチンをきれいにするのに、そんなに時間《じかん》はかかりませんでした。ジャンバラヤはいい具合《ぐあい》にできていますが、オーブンのパンは失敗《しっぱい》していました。ティアナはそのかわりに、ささっとコーンブレッドを作《つく》りました。ワニたちには、そうじしたりほうれん草《そう》をきざんだりしてもらい、ナヴィーンには米《こめ》を用意《ようい》してもらいました。まもなく、ディナーはできあがりました！

すべてのお客様《きゃくさま》がディナーを食《た》べおえて店《みせ》を出《で》ると、ティアナはキッチンテーブルをかこんでナヴィーン、シャーロット、ルイスといっしょにすわりました。ルイスの友達《ともだち》は、みんなもうねむっています。ティアナは庭《にわ》の噴水《ふんすい》のスイレンの下《した》に、みんなをおしこんだのです。

ティアナは、ママ・オーディからたのまれたことを、ナヴィーンとシャーロットに話《はな》して聞《き》かせました。そしてポケットに手《て》を入《い》れると、真珠《しんじゅ》を取《と》りだしました。

「うわあ！」

シャーロットが目《め》を大《おお》きく見開《みひら》いて、言《い》いました。シャーロットは、なによりも宝《ほう》石《せき》が好《す》きなのです。

「きれいね。」

と、うっとりとしました。

「ニューオーリンズにいるだれかが、今《いま》、この真珠《しんじゅ》のかたわれを持《も》っているのよ。」

と、ティアナはため息《いき》をつきました。

「……だけど、どうやってその人《ひと》を見《み》つけたらいいのかしら？」

第《だい》七章《しょう》　みんなの意見《いけん》

その夜《よる》、みんなでベニエを食《た》べながら、おそくまで計画《けいかく》をねりました。

「こういうのはどう？」

ナヴィーンが言《い》いました。

「熱気球《ねっききゅう》を買《か》って、長《なが》いひもをつけて、魔法《まほう》の真珠《しんじゅ》をぶらさげてみるんだ。」

「だめよ。」

ティアナが言《い》いました。高《たか》いところは苦手《にがて》なのです。熱気球《ねっききゅう》にのるなんて、もってのほかです。

「別《べつ》の魔術師《まじゅつし》をやとって、なくなった真珠《しんじゅ》をさがせば？」

と、今度《こんど》はシャーロットです。

「それもだめ。」

と、ティアナとナヴィーンが、いっしょに言《い》いました。ママ・オーディのことは、二人《ふたり》とも大好《だいす》きですが、ファシリエのような邪悪《じゃあく》な魔術師《まじゅつし》もいて、魔術《まじゅつ》で大変《たいへん》な目《め》にあったのです。またカエルにでもされてしまったらこまります。カエルどころか、もっと大変《たいへん》なものにされてはたまりません。どろぼうが魔術《まじゅつ》を使《つか》えるということだけでも、もうじゅうぶん大変《たいへん》なんですから。

「宝石《ほうせき》みがきの仕事《しごと》をしてさがすのはどうかしら。」

と、ティアナが言《い》いました。

「わたしはそうじの仕事《しごと》になんか向《む》いてないわ。たとえ宝石《ほうせき》をみがいてきれいにする仕事《しごと》でもね。」

と、シャーロットが反対《はんたい》します。

「真珠《しんじゅ》は磁石《じしゃく》にくっつくのかな？」

ルイスがたずねました。

「でっかい磁石《じしゃく》を買《か》ってきて、引《ひ》きよせるとか――。」

「真珠《しんじゅ》は、磁石《じしゃく》にくっつかないわ。」

と、ティアナが言《い》いました。

ルイスはむっとしてしまい、みんなも、だまりこみました。

すると、シャーロットがせすじをぴんとのばしました。

「わかったわ！　パーティーを開《ひら》くのよ！」

ナヴィーンの顔《かお》が、パッと明《あか》るくなりました。

「パーティーは大好《だいす》きだよ。」

「パーティーで真珠《しんじゅ》さがしができるの？」

ティアナがたずねます。

「できるわ。かんぺきよ。『ティアナのお城《しろ》』でお祭《まつ》りを計画《けいかく》しましょう。テーマは真珠《しんじゅ》よ。食《た》べ物《もの》、かざりとか、ぜんぶ、真珠《しんじゅ》と関係《かんけい》があるものにするの。みんなドレスアップして、真珠《しんじゅ》をつけて参加《さんか》するのよ。そうすれば、ニューオーリンズじゅうの真珠《しんじゅ》がその夜《よる》、『ティアナのお城《しろ》』に集《あつ》まるわ。あなたはレストランのオーナーなんだから、お客様《きゃくさま》みんなに近《ちか》づけるでしょ。真珠《しんじゅ》の姉妹《しまい》のかたわれを見《み》つけるために、その魔法《まほう》の真珠《しんじゅ》を使《つか》えばいいわ。」

ティアナは感心《かんしん》しました。悪《わる》くない考《かんが》えです。

「でも、もしどろぼうがお祭《まつ》りに来《こ》なかったら？」

「それはまかせて。」

と、シャーロットが言《い》いました。シャーロットはニューオーリンズの社交界《しゃこうかい》のクイーンなのです。パーティーは成功《せいこう》するに決《き》まっています。

「ちゃんとみんなに声《こえ》をかけるわ。どろぼうにもね。」

「わかったわ。」

と、ティアナはうなずきました。

「シャーロット、あなたの言《い》ったようにしてみましょう。まず、明日《あした》、パーティーのメニューを考《かんが》えるわね。」

「おれは音楽《おんがく》を考《かんが》える。」

と、ルイスが言《い》いました。

「ぼくはルイスを手伝《てつだ》うよ。」

と、ナヴィーンが言《い》いました。

「わたしはかざりつけを！」

シャーロットが言《い》いました。

「『ティアナのお城《しろ》』を、プリンセスにぴったりのものにかざりつけするわ！」

ナヴィーンはティアナのほおにキスをして言《い》いました。

「パーティーなら、真珠《しんじゅ》をどうどうと見《み》せびらかしてもいいってわけだしね！」

ティアナはその夜《よる》、真珠《しんじゅ》の夢《ゆめ》を見《み》ました。朝《あさ》になっても、まだ真珠《しんじゅ》のことが頭《あたま》からはなれません。ナヴィーンが、ティアナの目《め》の前《まえ》で手《て》をふり、からかうように言《い》います。

「おーい、ティアナ！　ぼくの話《はなし》、聞《き》こえているかい？」

「ごめんなさい！」

ティアナは飛《と》びあがりました。すっかり上《うわ》の空《そら》だったのです！

「お祭《まつ》りのメニューを考《かんが》えてたの。」

「さあ、これを……。」

ナヴィーンは、ホット・チョコレートのカップとあたたかいベニエを、朝食《ちょうしょく》のテーブルのむこうからすすめます。

「朝《あさ》ごはんを食《た》べたら、いい考《かんが》えがうかぶかも。」

ティアナはにっこりして、ホット・チョコレートをすすりました。

「ぼくは、ずっと音楽《おんがく》のことを考《かんが》えてたんだ。ルイスの友達《ともだち》は、なにか楽器《がっき》がひけるかなあ？」

「バンドにもっとワニを入《い》れるっていうの？」

「真珠祭《しんじゅまつ》りのときだけだよ。それで考《かんが》えてるんだけど……タンバリン！　小《ちい》さくて、白《しろ》くて、円形《えんけい》、音楽《おんがく》の世界《せかい》の真珠《しんじゅ》だよ！」

「そうね。タンバリンなら、なんとかできると思《おも》うわ、ワニでもね。」

「かんぺきだ。」

と、ナヴィーンが言《い》いました。ベニエを二口《ふたくち》で食《た》べます。

「メニューはなにを？」

口《くち》をいっぱいにしたままティアナにたずねたので、ことばがちゃんと聞《き》きとれません。

「ねえ、ナヴィーン王子《おうじ》、マナーがなってないわよ。口《くち》にものを入《い》れたままでしゃべってはだめ。」

ナヴィーンは、よくかんで飲《の》みこみました。

「王子《おうじ》ってものは、マナーを守《まも》らなくてもいいんだよ。だから、王子《おうじ》は楽《らく》なんだ。」

ナヴィーンはティアナにウィンクしました。もちろん冗談《じょうだん》で言《い》っているだけです。

ティアナは目《め》をクルンとさせてあきれましたが、にっこりしないではいられません。

結局《けっきょく》、ナヴィーンは、ティアナを笑顔《えがお》にしてくれるのです。

「あのね、テーマの真珠《しんじゅ》をどう料理《りょうり》にとり入《い》れるか、考《かんが》えてたの。デザートにはタピオカパールを使《つか》うわ。」

「そうだね。」

「それと、前菜《ぜんさい》（メインの料理《りょうり》の前《まえ》に出《だ》す軽《かる》い料理《りょうり》）にはカキ。」

「かんぺきだ！」

「そして、パールオニオンのクリームソースがけを、つけ合《あ》わせにしましょう。」

「おいしそう！」

「でも、メインはなにがいいかしら。こまったわ。」

「うーん。」

ナヴィーンも考《かんが》えこみます。

「シャーロットならなにかいいことを思《おも》いつきそうよ。」

でも、レストランにシャーロットがあらわれません。
「ねえ、シャーロットを見《み》なかった？」
と、ティアナが庭《にわ》にいたルイスにたずねました。トランペットをみがきながら、ウィリー、メイベル、ヴィンセントとしゃべっています。
「悪《わる》いけど、見《み》てないよ。ティアナ。」

ルイスはそうこたえて、また友達《ともだち》の方《ほう》に向《む》きなおりました。

「なあ、あのおかしなおいぼれコウノトリが、ほんもののサンタクロースだと思《おも》ったときのこと、覚《おぼ》えてるか？」

ワニたちはみんな笑《わら》いました。ウィリーはひざをうち、ヴィンセントはタンバリンをふります。ティアナは、おしゃべりに花《はな》をさかせるワニたちのそばからはなれ、店《てん》内《ない》にもどりました。

「ナヴィーン、シャーロットを見《み》なかった？」

ナヴィーンは、キッチンのテーブルで楽譜《がくふ》を広《ひろ》げていました。えんぴつの先《さき》をかみながら、集中《しゅうちゅう》してまゆをひそめています。ティアナは、すてきだなあと思《おも》ってしまいました。

「ん？」

ナヴィーンが気《き》のない感《かん》じでこたえます。

「シャーロット？」

「そう。もうとっくに来《き》てるはずなのに。かざりつけの相談《そうだん》をする約束《やくそく》だったでしょ。」

「ああ。そうだ、おかしいな。シャーロットはいつも早《はや》めに来《く》るのに。」

「でしょ！　だいじょうぶだといいけど。」

ちょうどそのとき、シャーロットが飛《と》びこんできました。

「ティアナ！　ああ、本当《ほんとう》にごめんなさい！」

「だいじょうぶよ。」

と、ティアナはシャーロットをだきしめました。

「心配《しんぱい》してたのよ、シャーロット。なにかあったんじゃないかと思《おも》って。」

「そうなのよ。」

と、シャーロットが言《い》いました。ハンカチでひたいのあせをぬぐいます。

「またいとこのルシンダが、文句《もんく》ばかり言《い》ってきて、てんてこまいよ。最初《さいしょ》は部屋《へや》が暑《あつ》いって言《い》ったんで、まどに送風機《そうふうき》をつけたわ。そしたら、今度《こんど》は送風機《そうふうき》がうるさいって言《い》うのよ。それで、送風機《そうふうき》にオイルをさしたの。でも、オイルのにおいがいやだって。まったく、あの人《ひと》ったら、一生満足《いっしょうまんぞく》ってものを知《し》ることはないわ。」

母《はは》しか身《み》よりがないティアナは、家《いえ》におしかけてくるような、またいとこがいなくてよかったと思《おも》いました。だって、ママ・オーディの件《けん》だけで手《て》いっぱいですから。

シャーロットは、おおげさにいすにたおれこみました。

「ああ、それに、本当《ほんとう》に変《へん》な人《ひと》なの。朝《あさ》ごはんはサッサフラス（クスノキ科《か》の落葉樹《らくようじゅ》。香料《こうりょう》の原料《げんりょう》になる）の葉《は》なのよ！　イヌハッカ（シソ科《か》の多年草《たねんそう》。ハーブの一種《いっしゅ》）のお茶《ちゃ》を飲《の》むし！」

「それは本当《ほんとう》におかしいぞ。」

と、ナヴィーンが言《い》いました。

「前《まえ》に来《き》たときもそんな感《かん》じだったのかい？」

「いいえ！」

シャーロットは両手《りょうて》を投《な》げだしながら言《い》いました。

「会《あ》ったのははじめてだもの！　そんなまたいとこがいるってことすら、知《し》らなかったわ。でも、ぜんぶが悪《わる》いことばかりでもないの。こんなすてきなイヤリングをくれたのよ！」

シャーロットは耳《みみ》を指《ゆび》さしました。耳《みみ》たぶにはルビーのイヤリングがぶらさがり、キラキラ光《ひか》っています。

「それに、ダイヤモンドのブレスレットと、エメラルドのティアラと、真珠《しんじゅ》のネックレスと、オパールの指輪《ゆびわ》と、サファイアのピンも。どうしてそんなに宝石《ほうせき》を持《も》ってるのかわからないけどね。でも、もらえるのは本当《ほんとう》にうれしいわ。」

ティアナは口《くち》ぶえをふきました。

「趣味《しゅみ》がよければね。」

と、ナヴィーンが言《い》いました。

「それが、いいのよ。」

シャーロットがこたえます。それからすわりなおし、手《て》をパンパンとたたきました。

「さて。お祭《まつ》りのかざりつけのアイディアがあるの。ぜんぶ説明《せつめい》したいんだけど……。」

第《だい》八章《しょう》　真珠祭《しんじゅまつ》り

真珠祭《しんじゅまつ》りの夜《よる》になりました。その夜《よる》まで、シャーロットは、だれかれかまわずその話《はなし》をしてまわっていました。ニューオーリンズじゅうに話《はなし》は広《ひろ》まり、ティアナも街《まち》じゅうの人《ひと》がやってくるだろうと思《おも》いました。

「ティアナのお城《しろ》」は、これまでになくかがやいていました。

シャーロットは、作《つく》りものの真珠《しんじゅ》のたばを、天井《てんじょう》のはりからつるしました。テーブルでは白《しろ》いキャンドルに火《ひ》がともっています。そのまわりにきれいにかざりつけた虹《にじ》色《いろ》の貝《かい》がらが、キラキラ光《ひか》っています。

近所《きんじょ》の子《こ》どもたちは、レストランのすみっこにじんどって、シャボン玉《だま》を飛《と》ばしています。そこはまるで、真珠《しんじゅ》でうめつくされた王宮《おうきゅう》の宝石室《ほうせきしつ》のようでした。

ティアナは自分《じぶん》のドレスもちゃんとできてよかったと思《おも》いました。レストランのかざりつけに引《ひ》けをとりたくなかったのです！　頭《あたま》にはシンプルなティアラをのせ、小《こ》つぶの真珠《しんじゅ》がたくさんぬいつけられた、ふわりとしたレースのドレスに、あわいアイボリー色《いろ》の絹《きぬ》のくつをはいてます。首《くび》には、ママ・オーディの魔《ま》法《ほう》の真珠《しんじゅ》のペンダントをかけました。すっきりとして上品《じょうひん》なデザインは、美《うつく》しい真珠《しんじゅ》をいっそうひきたててくれています。

ティアナがレストランに入《はい》ってくると、ナヴィーンは息《いき》をのみました。

ステージで、ルイスとファイアフライ・ファイブといっしょに最後《さいご》のリハーサルをしているところでしたが、ウクレレをおいて、ステージから飛《と》びおりてきました。

「ぼくのプリンセス！」

ナヴィーンはティアナの手《て》を取《と》り、クルクルとレストランのフロアでおどりはじめました。ステージでは、バンドが演奏《えんそう》を続《つづ》けています。ルイスがトランペットをふ

き、友達《ともだち》のワニたちが、タンバリンをどうにかたたいています。

「わたし、どうかしら？」

と、ティアナがたずねました。ナヴィーンなら、きっといつものようにほめてくれるとは思《おも》いましたが、聞《き》いてみます。ナヴィーンがしんけんな顔《かお》で言《い》いました。

「きみは、世界一美《せかいいちうつく》しいプリンセスだよ。」

感心《かんしん》したようにうなずいています。

「それに、今《いま》までの歴史《れきし》で、いちばん美《うつく》しいプリンセスにちがいない。」

「あなたも悪《わる》くないわよ。」

ティアナはにっこりと言《い》いました。ナヴィーンはいつも、正《ただ》しいことを言《い》うのです。

「でも、わたし……キッチンに行《い》かないといけないわ。」

「ああ、わかってる。あとでね。」

そしてティアナにキスをすると、クルクルとおどりながら、キッチンのドアのところまで連《つ》れていきました。ティアナはナヴィーンがステージにもどるのをながめてから、深呼吸《しんこきゅう》をすると、キッチンに入《はい》りました。

中《なか》では、なにもかもきちんと整《ととの》っていました。ティアナはきれいにかたづいたキッチンが大好《だいす》きです。明《あか》るくてあたたかく、すべてがあるべき場所《ばしょ》にありました。

ティアナはエプロンをつけ、オーブンからパンを取《と》りだしました。まんまるになるよう、とてもがんばったのです。表面《ひょうめん》には卵白《らんぱく》をぬりました。まるで、フワフワの大《おお》きな真珠《しんじゅ》です。

タピオカは冷蔵庫《れいぞうこ》で冷《ひ》えています。カキはくだいた氷《こおり》のお皿《さら》の上《うえ》できらめいています。パールオニオンを料理《りょうり》するフライパンがいくつも、ガス台《だい》の上《うえ》で温《あたた》められています。もうじき、ティアナのけっさくのおひろめです。ティアナは真珠祭《しんじゅまつ》りのために、新《あたら》しい料理《りょうり》を考《かんが》えました。チキン・ポット・パールです。チキン・ポット・パイ（鶏《とり》肉《にく》や野菜《やさい》を入《い》れたクリームシチューをパイ皮《がわ》でつつみ、深《ふか》めのパイ皿《ざら》などに入《い》れて焼《や》いたもの）ににていますが、パイの部分《ぶぶん》が半球《はんきゅう》の形《かたち》なのです。どれも美《うつく》しくかわいくて、かがやく金《きん》の真珠《しんじゅ》のようでした。ティアナはうれしそうにほほえみました。どろぼうをつかまえるのがこんなに楽《たの》しいなんて。

つぎつぎにお客様《きゃくさま》がやってくるのを、ティアナはながめていました。ニューオーリンズの社交界《しゃこうかい》の人《ひと》は全員《ぜんいん》やってきました。だれもがめかしこんでいて、もちろん、女性《じょせい》たちはみんな真珠《しんじゅ》を身《み》につけています。真珠《しんじゅ》のイヤリング、真珠《しんじゅ》のネックレス、真珠《しんじゅ》のブレスレット。ティアナのように、ドレスに真珠《しんじゅ》をぬいつけている人《ひと》もいます。

ティアナはキッチンからすべてを見《み》ていました。白《しろ》いえんび服《ふく》に身《み》をつつんだウエイターが、まずカキを運《はこ》びました。それから、メインの料理《りょうり》が運《はこ》びこまれました。

ティアナはダイニングルームのあちこちでため息《いき》がもれるようすを見《み》て、にっこりしました。チキン・ポット・パールは大成功《だいせいこう》でした！

そして、デザートの時間《じかん》になりました。

ティアナの出番《でばん》です。みんなにデザートが行《い》きわたるのを待《ま》ちました。それから、今日《きょう》のパーティーの主人《しゅじん》として、テーブルを回《まわ》りはじめました。テーブルからテーブルへ、お客様《きゃくさま》と握手《あくしゅ》したり、感謝《かんしゃ》のことばを伝《つた》えたりしてまわります。

かがみこんで、お客様《きゃくさま》にあいさつしながら顔《かお》を近《ちか》づけ、光《ひか》る真珠《しんじゅ》をさがしました。

ティアナはつぎつぎにテーブルを回《まわ》りましたが、なくなった真珠《しんじゅ》は見《み》つかりません。

とうとう、最後《さいご》のテーブルになりました。ティアナはドキドキしました。

そこはシャーロットのテーブルです。もちろん、ぬすまれた真珠《しんじゅ》があるはずがありません。お祭《まつ》りは失敗《しっぱい》だったのです。新《あたら》しい計画《けいかく》を考《かんが》えなくてはいけません。

シャーロットと父親《ちちおや》は、しかめっつらでかみがバサバサの、年《とし》かさの女性《じょせい》といっしょでした。ティアナは、この人《ひと》がシャーロットの、ちょっと変《か》わったまたいとこのルシンダね、と思《おも》いました。シャーロットがまゆをあげてティアナに、

「どう？　真珠《しんじゅ》は見《み》つかった？」

と、目《め》でといかけました。ティアナはかすかに首《くび》を横《よこ》にふりました。シャーロットの

顔《かお》がくもります。ティアナも気《き》がめいってきました。でも、平気《へいき》な顔《かお》をしました。きちんと今日《きょう》の役目《やくめ》をはたさないと。

「みなさん、『ティアナのお城《しろ》』にようこそ。いらしてくださってとても──。」

急《きゅう》に、ことばが止《と》まりました。シャーロットは上品《じょうひん》な真珠《しんじゅ》のネックレスをしています。そして、そのまん中《なか》にある真珠《しんじゅ》が、ひときわ光《ひか》っています。

ティアナは、ママ・オーディのなくなった真珠《しんじゅ》を見《み》つけたのです……。シャーロットの首元《くびもと》にありました！

第《だい》九章《しょう》　もう一つの真珠《しんじゅ》

「ティアナ……。」

シャーロットが言《い》いました。ティアナのペンダントを見《み》つめています。

「シャーロット……。」

ティアナも言《い》いました。シャーロットのネックレスを見《み》つめながら。

そして、二人同時《ふたりどうじ》に言《い》いました。

「あなたの真珠《しんじゅ》！　光《ひか》ってる！」

シャーロットは、自分《じぶん》のネックレスを見《み》おろしました。

「どういうことかしら。どうしてわたしのが光《ひか》ってるの？　これ、もらったばかりなのよ。プレゼントなの……。」

ガシャン！　ルシンダがいすをたおしました。シャーロットの首《くび》からネックレスをうばい、スカートをたくしあげて、ドアに向《む》かってかけだします。レストランにいた全員《ぜんいん》の目《め》が、そちらに向《む》きました。バンドも演奏《えんそう》をやめました。

「……ルシンダからもらったばかりよ！」

シャーロットが言《い》いおえました。

「でも、わたし、ああ、ティアナ、あの人《ひと》がどろぼうよ！　にげたわ！」

でも、ティアナはこういうこともあろうかと、ちゃんと対策《たいさく》をたてていました。

口《くち》に指《ゆび》を二本《ほん》あてると、思《おも》いっきり指《ゆび》ぶえをふきました。それを合図《あいず》に、ウィリー、メイベル、ヴィンセントがタンバリンをおき、ステージから飛《と》びおり、あっというまに、みんなでルシンダをとりおさえました。

「うっ！」

ルシンダがうめきます。

「ワニ！　あたし、大《だい》きらいだよ。」

「あの人《ひと》、泣《な》いてる子《こ》も、じめじめしたお天気《てんき》も、大《おお》きな音《おと》の音楽《おんがく》も、馬《うま》も、鼻《はな》をすする人《ひと》も、ゆですぎのパスタも、かゆくなるセーターも、なれなれしいウエイターもきらいなのよ。」

と、シャーロットがティアナに教《おし》えました。二人《ふたり》は、ゆかにたおれているルシンダに近《ちか》よりました。メイベルが上《うえ》にのっています。シャーロットが言《い》いました。

「とにかく、四六時中文句《しろくじちゅうもんく》ばかりなの。だから、この人《ひと》がどろぼうでも、ちっともおどろかないわ。」

「ウィリー、ヴィンセント、ルシンダさんを起《お》こしてあげて。」

と、ティアナが言《い》いました。

「キッチンに連《つ》れていってちょうだい。ほかのお客様《きゃくさま》には、このまま楽《たの》しんでいただきたいから。」

ワニたちはルシンダをレストランのおくにひきずっていきました。

「にがしちゃだめよ！」

と、ティアナがうしろから声《こえ》をかけました。ティアナがお客様《きゃくさま》たちにさわぎのおわびをすると、バンドが明《あか》るい曲《きょく》を演奏《えんそう》しはじめました。みんながまたデザートを食《た》べはじめたので、ティアナはキッチンに入《はい》りました。


ルシンダは、キッチンのテーブルのところにむっつりとすわっていました。まだ真《しん》珠《じゅ》のネックレスをにぎっています。ワニたちがまわりを取《と》りかこみ、大《おお》きくてとがった歯《は》をむきだしています。シャーロットはルシンダをにらみました。

「あなた、本当《ほんとう》にわたしのまたいとこなの？」

と、といただします。

「そうさ。」

ルシンダはふきげんな声《こえ》で言《い》いました。

「じゃあ、どうして今《いま》まで会《あ》ったことがなかったの？」

「あたしはニューオーリンズの街《まち》がきらいなんだ！　食《た》べ物《もの》の味《あじ》があたしの口《くち》に合《あ》わ

ないし、人《ひと》ばっかりで、どこに行《い》ってもジャズが鳴《な》りっぱなしだから。」

メイベルはびっくりして息《いき》をのみました。

「あら、ジャズはすばらしいわよ！」

ルシンダが言《い》いました。

「おまえになにがわかる？　おまえはワニだろう。ワニがオンチだってことくらい、だれでも知《し》ってる。」

メイベルは歯《は》をむきだしてうなりました。

大変《たいへん》なことになりそうなので、ティアナが止《と》めに入《はい》りました。

「ルシンダ！」

ルシンダがティアナの方《ほう》を向《む》くと、ティアナは手《て》のひらを上《うえ》にして、手《て》をさしだしました。シャーロットのまたいとこは、ため息《いき》をついて真珠《しんじゅ》をわたしました。

「くやしい！」

そう言《い》ってティアナをにらみました。

「なんてこった。とちったよ。」

「どうしてシャーロットに魔法《まほう》の真珠《しんじゅ》をあげたんです？」

と、ティアナがたずねました。

「かくすためさ。明日《あした》、街《まち》を出《で》るときには、持《も》っていくつもりだった。」

「そんなこと、させないわ！」

と、シャーロットが言《い》いました。

「じゃあ、わたしにくれるって言《い》ったほかの宝石《ほうせき》は、おいていくつもりだったの？」

「いいや。」

と、ルシンダが言《い》いました。シャーロットはがっかりしました。

「まあ、そのルビーのイヤリングくらいはいいさ。やぼったくてしょうがないからね。」

「わたしは気《き》に入《い》ってるわ！」

と、シャーロットはうれしそうです。

「ぜんぜんやぼったくなんかない！」

ルシンダは、ちょっとまゆをあげました。

「どうしてママ・オーディの真珠《しんじゅ》をぬすんだの?」

と、ティアナがたずねました。

「こまらせるためさ! あいつがあたしにやったようにね。あんたたち二人《ふたり》が生《う》まれるずっとずっと前《まえ》から、あいつとあたしは、おたがいのことが気《き》に入《い》らなかったのさ。あいつがあたしのお気《き》に入《い》りの薬草用《やくそうよう》のはちをこわしたから、あたしはあいつに体《からだ》が水玉《みずたま》もようになるのろいをかけてやった。そしたらあいつがあたしの家《いえ》をひっくりかえした。だから、あいつの船《ふね》を木《き》の上《うえ》にあげてやったのさ。」

「まあ、だからあの船《ふね》はあんなところにあったのね。」

ティアナが言《い》いました。いつも不思議《ふしぎ》に思《おも》っていたのです。ルシンダは、どうだという顔《かお》です。

「ああ、あたしがやったんだよ! けど、二、三年前《ねんまえ》、あいつはあたしのソックスをぜんぶイモリに変《か》えちまった。それからずっと、しかえしを考《かんが》えてたのさ。で、あいつが大切《たいせつ》にしている魔法《まほう》の真珠《しんじゅ》をぬすんでやったんだ！　なにがいけない？」

第《だい》十章《しょう》　ルシンダとママ・オーディ

次《つぎ》の日《ひ》の朝《あさ》、ルシンダは街《まち》を出《で》ていきました。

「気《き》をつけて帰《かえ》ってくださいね。」

と、ティアナが言《い》いました。

「こんなところ、早《はや》く出《で》たくてたまらんわ。この街《まち》のにおいも大《だい》きらいだ。」

そう言《い》って、ルシンダはドスドスと通《とお》りを歩《ある》いていきました。ルシンダが角《かど》を曲《ま》がると、シャーロットがつぶやきました。

「じゃあ、二度《にど》と来《こ》ないでちょうだい。」

ティアナがやさしく言《い》いました。

「シャーロット。そんなこと言《い》わないで。あなたのまたいとこでしょう。それに、イヤリングはくれたんだし。」

「そうね。でも、やっぱりあの人《ひと》はとんでもないわ。」

ティアナはエプロンで手《て》をサッとふきました。

「さて。そこまでにしましょ。朝《あさ》ごはんにしない？」

「ええ、いいわね！」

シャーロットが言《い》いました。とてもうれしそうです。

「いいところを知《し》ってるの。最高《さいこう》のベニエを出《だ》す、すてきなレストランよ。」

「そうなの？」

ティアナは少《すこ》し不安《ふあん》になりました。シャーロットはいつも、ティアナのベニエが最《さい》高《こう》だと言《い》ってくれるのですから。新《あたら》しい競争相手《きょうそうあいて》ができた？　それとも、わたしの料《りょう》理《り》のうでがさがってきた？　と、心配《しんぱい》になり、おそるおそる聞《き》きました。

「それ、どこのレストラン？」

「『ティアナのお城《しろ》』っていう、ちっちゃいお店《みせ》よ！」

シャーロットはニヤッとしました。そしてティアナのうでをつかむと、二人《ふたり》で朝《あさ》ごはんを食《た》べに行《い》きました。

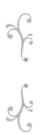

「ねえ、いつ、ママ・オーディに真珠《しんじゅ》を返《かえ》しにいくつもり？」

と、シャーロットがたずねました。

ティアナはベニエを一口《ひとくち》かじり、かみながら考《かんが》えました。

ルイスとナヴィーンも、いっしょに食事《しょくじ》をしています。外《そと》では、ルイスの友達《ともだち》が噴《ふん》水《すい》の中《なか》で遊《あそ》んでいます。ティアナにも、笑《わら》い声《ごえ》が聞《き》こえてきました。

ティアナが返事《へんじ》をする前《まえ》に、ルイスが大声《おおごえ》で言《い》いました。

「今夜《こんや》だ！　今日《きょう》の午後《ごご》！　いや、今《いま》すぐだ！　ママ・オーディ、よろこぶぞ。」

ティアナはかたをすくめました。

「そうよね。そうしましょう。この店《みせ》も一日《にち》くらいは休《やす》めるわ。」

「じゃあ、今度《こんど》は留守番《るすばん》して店《みせ》をやらなくていいんだね？」

と、ナヴィーンがたずねました。ほっとした顔《かお》です。

「そうね、ナヴィーン王子《おうじ》。沼地《ぬまち》で今夜《こんや》パーティーになりそうな気《き》がするの。」

「パーティーは大好《だいす》きだよ！」

「そうよね。」

と、ティアナはほほえんで言《い》い、ナヴィーンのほおにキスをしました。

「それに、あなたがいないとパーティーにならないわ。」

ティアナは急《いそ》いで庭《にわ》の噴水《ふんすい》に向《む》かい、

「ウィリー、メイベル、ヴィンセント！」

と、よびました。

「なに、ティアナ？」

三人《にん》の声《こえ》がきれいにそろいます。ティアナはクスクス笑《わら》いました。なんだかワニのコーラスみたいです！

「みんな、沼地《ぬまち》にもどるわよ！　行《い》きましょ！」


ティアナは、沼地《ぬまち》で小《ちい》さなパレードをしているような気分《きぶん》でした。

ナヴィーンと手《て》をつないで歩《ある》き、そのうしろには、シャーロットがルイスとおしゃべりしながら続《つづ》いています。そのまたうしろに、ウィリー、メイベル、ヴィンセントが一列《れつ》になって、小走《こばし》りでついてきます。最後《さいご》はホタルの一団《いちだん》です。ホタルたちは、かならずすてきなパーティーに参加《さんか》するはずとわかっていたので、ティアナは彼《かれ》らをわすれずに招《まね》いたのでした。

「やあ、みんな、なかなかいいじゃないか！」

ティアナは見上《みあ》げました。

「あら、アルフォンス！」

大《おお》きな羽《はね》をゆっくり動《うご》かして、フラミンゴが上空《じょうくう》を飛《と》んでいます。

「いっしょに行《い》ってもいいかな？　ママ・オーディが、あんたがたが来《く》ると言《い》っとったぞ。道《みち》にまよってないか、見《み》にいってこいってな。」

船《ふね》の家《いえ》に着《つ》くと、ママ・オーディが木《き》のみきにもたれかかって待《ま》っていました。

「あたしの真珠《しんじゅ》を取《と》りもどしてくれたようだね！」

そのことばで、ティアナはポケットに手《て》を入《い》れると、姉妹《しまい》の真珠《しんじゅ》を取《と》りだしました。絹《きぬ》の布《ぬの》でつつんでいます。ママ・オーディがつつみを開《ひら》くと、真珠《しんじゅ》はやさしく光《ひか》っていました。またいっしょにいられてうれしいって言《い》ってるみたい、と、ティアナは思《おも》いました。ママ・オーディは、うれしそうに大《おお》きく息《いき》をつき、真珠《しんじゅ》をポケットに入《い》れると、ティアナをだきしめました。

「ありがとうよ。本当《ほんとう》に、おんにきる。」

ティアナもだきしめました。

「どういたしまして。」

と、言《い》ってから、ちょっとだまりました。ママ・オーディがわがやとよんでいる木《き》の上《うえ》の船《ふね》から、とてもいいにおいがただよってきます。

ティアナの鼻《はな》がピクピクしました。

「このにおい、わかるわ。焼《や》きナマズね！」

「そうさ！　パーティーだろ？」

ママ・オーディはそう言《い》って、ニヤッと笑《わら》います。

「ほんとにパーティーが始《はじ》まるんだな。」

と、ルイスが言《い》いました。

「おれは、ナマズが大好《だいす》きなんだ。」

「おれも！」

「わたしも！」

「おれも！」

ウィリー、メイベル、ヴィンセントも言《い》いました。

「なら、上《あ》がってこい。」

ママ・オーディが言《い》いました。

「そして、おあがり！」

みんなが船《ふね》にのぼると、ティアナはまわりを見《み》まわして言《い》いました。

「あのねえ。真珠《しんじゅ》をとったのは、ルシンダだったのよ。」

ママ・オーディは、プンプンと首《くび》を横《よこ》にふりました。

「そうかもしれんと思《おも》っとったんだ。あの女《おんな》、ほんとにむかつくよ！」

「あの人《ひと》が、この船《ふね》を木《き》の上《うえ》にあげたんですってね。」

と、ティアナが言《い》いました。

「そうさ。けど、おあいにくさま。あたしはここの方《ほう》が気《き》に入《い》ってる！」

ティアナは笑《わら》いました。ルイスと友達《ともだち》は、もう食《た》べるのにむちゅうです。焼《や》きナマズ、焼《や》きオクラ、ポテトサラダに、ダーティライス（香味野菜《こうみやさい》とレバーなどを入《い》れてたいたスパイシーなピラフ）。

「ねえ、ママ・オーディ。」

と、ティアナが言《い》いました。

「あまいお茶《ちゃ》を一杯《ぱい》いただきたいわ。あるかしら？」

「あるよ。あんたがたっぷり作《つく》ってくれるからね。さあ、さっさとおやり！」

ティアナはニコッとして、うでまくりをしました。

すぐに、パーティーは最高《さいこう》にもりあがりました。みんなで食《た》べて、歌《うた》って、おどって、音楽《おんがく》が夕《ゆう》やみにひびいていきます。

ティアナはナヴィーンのうでの中《なか》でクルクル回《まわ》りながら、星《ほし》がかがやきだした空《そら》を見《み》あげました。

沼地《ぬまち》に来《く》るのも、楽《たの》しいわ！

講談社KK文庫　A22-10

ディズニープリンセス
友情《ゆうじょう》につつまれて

美女《びじょ》と野獣《やじゅう》〜すてきなプレゼント〜

プリンセスと魔法《まほう》のキス〜ぬすまれた真珠《しんじゅ》〜

2017年4月13日　第1刷発行

「美女と野獣〜すてきなプレゼント〜」
文／エリー・オライアン

「プリンセスと魔法のキス〜ぬすまれた真珠〜」
文／カリオペ・グラス

訳／中井《なかい》はるの

装丁／篠原麻衣子（パルパレット）
編集協力／小笠原桃子

発行者／鈴木　哲
発行所／株式会社　講談社
〒112-8001 東京都文京区音羽2-12-21
編集☎03-5395-3142
販売☎03-5395-3625
業務☎03-5395-3615
本文データ制作／講談社デジタル製作
印刷所／凸版印刷株式会社
製本所／株式会社国宝社

 N.D.C.933 191p 18cm Printed in Japan ISBN978-4-06-199598-7

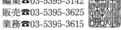